新潮文庫

穴

小山田浩子著

JN150060

新潮社版

10571

目次

穴

穴

私は夫とこの街に引っ越してきた。五月末に夫に転勤の辞令が出、その異動先が同じ県内だがかなり県境に近い、田舎の営業所だったためだ。営業所のある市が夫の実家のある土地だったので、手頃な物件でも知らないかと夫が姑《しゅうとめ》に電話をかけた。「じゃあうちの隣に住めば？」「隣？」「うちの借家があるじゃない。ついこの間空いたのよ」姑の声はよく通り、夫の脇《わき》に座っていた私にまでその声が聞こえた。夫の実家の隣に借家がある？　初耳だった。

「ちょうど今年の四月にね。四人家族でさ、お父さんが頑張っておうち建てたんだって引っ越してったの。お世話になりました、って立派なデコポン一箱持ってきてね、いいご家族だったよ。宗明《むねあき》あんた知らないっけ？　カトウさんっていう、下のぼっちゃんがくるくるパーマの」「いや、俺はそこまでは知らないけど」

私は卓上のメモに『一戸建て？』と書いて夫に見せた。夫はうなずき、手を伸ばしてそのメモに『にかいだて』と書いた。姑は喋《しゃべ》り続けている。「だから、今は空き家で、不動産屋さんに募集をかけてもらってるけどまだ誰も借りたいっていってきてないみたいよ。宗明たちが住むんなら急いで明日連絡して、募集取り消してもらうけど。住む？」夫は明るい声を出した。「そこって家賃安いよね？」「そりゃ安いよ、田舎だもん。五万二千円。住む？」夫は固定電話の前で立ったまま、私に目でどうすると言った。まるで天恵のようなタイミングではないか。ありがたい。私はうなずいた。今まで住んでいた街中の狭い2DKよりも遥《はる》かに安い家賃で、その二階建て一戸建ての借家に住むことができる。「うん、ぜひ。五万円台なら今よりだいぶん安いし……」「何言ってるの。家賃なんて要らない」「え？」「要らない要らない。その分貯金しときなさい、将来のために。ああ、税金のことがあるから一応形式上はやり取りすることになるかもしれないけど、でも実際には要らないからね。馬鹿《ばか》馬鹿《ばか》しい、そんな、同じ家族でお金やり取りするなんて。もうあそこはローンも済んでるんだし、新しくもないんだから」夫はまた、どうする、と目で言ったが私に異論のあろうはずがなかった。ありがたい以外の何物でもない。ただ、たまの帰省時に確かに見ているはずのその借家が、果たしてどのくらいの大きさで、外壁が何色で、庭がどうなっていたのか、私にはまるで思い出せなかった。思い出せないということは、大豪邸ではないし目を見張るほどみすぼらしくもなかったということだろう。それに実のところ、夫の実家だってその外観を詳細に思い出そうとするとはっきりしない。屋根にはソーラーパネルが載っている、庭には何かしらの木が植えてある、そんな断片的なことしか浮かばない。

「駐車場もついてたよね？」「うん一台分だけどね。この辺で車なかったらどうにもならないよ」「通勤、車なら三十分かからないだろうな……いやあ、助かる。本当にただでいいの？」「だから書類上はどうなるかわからないけど。でも本当には要らないって。あんたから五万二千円もらって私どうするのよ。オッケー、じゃあ不動産屋さんに言うからね」「助かるよ。あさひも仕事辞めるし、家賃が浮くのはすごくありがたい」「え？　あさちゃん辞めちゃうの」姑が少し声を小さくした。それでも声は筒抜けに聞こえた。「そりゃ、引っ越したらあさひだって通勤できないよ」「それもそっかあ。何ならあんただけ単身赴任してくれれば？　辞めるの、気の毒じゃない」夫は私を見た。私は首を振った。どうしてあんな職場のためにわざわざ別々に暮さねばならないのか。非正規だし、そもそも給料だって大して高くない。むしろ安い。夫は黙ってうなずき「そんなわけにいかないだろう、別々に住むなんて」と答えた。姑は「まだ若いもんね」と言って少し笑い声を立てた。まだ若いかどうかは知らない、別に新婚でもなし、つまり姑にとっては仕事がそれだけ重要で、夫の転勤のために自分が辞めねばならないのなら単身赴任も考えるほどのものなのだろう。それはそれで立派だとは思う。羨《うらや》ましいとさえ思う。姑はずっと働いてきた職場で来年だか再来年だかに定年を迎えるそうだ。夫を産んだ時も半年かそこらしか休まなかったと聞いた。夫の実家は別に姑が働かないとやっていけないような経済状況ではないはずだから、姑はその仕事が、あるいは働くこと自体が好きなのだろう。私はそこまで自分を捧《ささ》げたい仕事をしていない。ひどい苦痛もないが充実もない。歯を食いしばるほどの困難も感じたことがないし天に昇るような感動を覚えたこともない。忙しくて辛《つら》いとか給料の割にきついとか思うことは多々あるが、そのせいで疲れきってもいるが、別にそんなのは私だけではないだろう。やっているのは私でなくてもできる仕事だし、それ自体に不満を覚えるほど若くも世間知らずでもないつもりだ。

夫は電話を切り、私に笑顔を向けた。「聞こえてたんでしょ、どう？　うちの隣とか、嫌じゃない？」「嫌？　なんで？」「いや、嫁姑とか」よめしゅうとめ、という言葉を聞いて思わず笑いそうになった。嫁姑、という言葉から想起されるような類《たぐい》の感情を、私は姑に対して抱いたことがない。姑が素晴らしい完璧《かんぺき》な女性だとは思わないが、欠点よりは美点を挙げる方が簡単なのは間違いない。性格が明るい、面倒見がいい、はっきりしている、勤勉である、等等。同居となればいろいろ考えることはあろうが、ただ隣に住むだけなら拒否する気持ちにはならなかった。「うん、ただただありがたいよ。だって実際私が次の職場見つかるかどうかもわからないんだし、それで家賃ゼロはありがたいしかないよ」「だよなあ」夫は口元を緩めたまま携帯電話を取り出して指を動かし始めた。「そっちこそ嫌じゃないの、実家の隣なんて」夫は盆暮れの帰省も、県内にいるくせに億劫《おっくう》がるようなところがあった。私の実家が県外なので、否応《いやおう》なくそちらを優先せねばならなかったこともあるが、そうでなくても、旅行だ何だと理由をつけて帰らなかった年もある。「いや別に。何つうか、歳《とし》かもしれないけど、ちょっと安心だなと思ったな、むしろ」

「安心?」夫は携帯電話を見て小さくにやりと笑ってから私の方をちらと見た。夫は私と違い友人が多い。激しく動かしている指先で、今の顚末《てんまつ》を誰彼に報告しているのかもしれない。引っ越すことになったんだけどそれがうちの実家の隣でさ、何と家賃がタダ!……「何つうか、もうジイさんも歳だしさ、おふくろも親父《おやじ》もそれなりの歳だしさ、俺が隣に住めば何かと安心かなって……」「ふーん」私は消音にしていたテレビの音声を戻した。どっと、大人数の笑い声が画面から溢《あふ》れたので音量を下げた。明らかに日本ではないどこかの草原で、褐色の肌の半裸の人々が巨大な動物を追いかけまわしている。彼らの顔や胸には白や黄色で紋様がペイントだか刺青《いれずみ》だかしてある。動物は家畜らしく足首に紐《ひも》のようなものが巻かれ、その先端がひらひらとなびいている。人々の中に、生白い小太りの体に腰みのを巻いた日本のお笑い芸人が混じっている。褐色の肌の人々は皆、布のハーフパンツをはいている。「単身赴任はないよなあ」「ねえ、私も正社員だと思ってるのかな?」「いや、知ってると思うけど……」夫の指先が更に素早く動いている。メールを打っているのか何かをインターネット上に書きこんだりしているのか、その内容を知りたいと思った時期もあったが今はもうそんなに興味はない。犯罪や、過剰に性的なことでないならば、私の知らない友人たちやコミュニティの中で夫が何を書いたり言ったりしているのか一々詮索《せんさく》する気にならない。

「そういや、職場にはもう辞めるって言ったの？」「うん、今日」「引きとめられた？」「全然」私は苦笑した。夫は携帯を触る手を止めることなく首を傾《かし》げ「あんだけこき使っといて、そんなもんかね」と言った。「そんなもんだよ。だって調整弁だもん、非正規なんて。でもあっちに引っ越したら、それこそパートさんみたいな仕事しかないだろうね。もう今年三十だし。人生で一回は正社員になりたかったなあ」「次の仕事もさ、家賃がタダなら急いで探すこともないんじゃないの」「あっ、そうか」お笑い芸人が動物を捕まえようとして前方に転び、体が泥だらけになった。夫は目を上げて画面をちらりと見ると「馬鹿じゃないの」と言いながら笑った。私も笑った。引っ越しは二週間後と決まった。

「うそ、松浦さん辞めちゃうの？　なんで？」手洗いで、同じフロアの非正規仲間に声をかけると、彼女は脂取《あぶらと》り紙をおでこに貼《は》りつけたままで目を丸くした。「夫が転勤するんです、それで引っ越すので……」「うそ、どこに？」「県内なんですけど、ちょっと北の方で、通勤が厳しくて。急で、あれなんですけど」「そっかあ……いいなあ、って言っちゃダメかなあ」彼女は脂取り紙を手洗いのゴミ箱に入れて大仰なため息をついた。今会社は繁忙期で、なぜかそんなタイミングで正社員の欠勤者が続出し（育産休一、病欠一、出社拒否二）、そのしわ寄せが私たち非正規にまで来ていた。私も彼女も、契約上本来ないはずの残業をし、やったこともないような受発注やら取引先対応の仕事まで割り振られ、それでいて基本給はそれまでと同じで、心底疲弊していた。唯一《ゆいいつ》会社の誠意らしかったのは、正社員が冬のボーナスを受け取る日に渡されたぽち袋で、中に三万円入っていた。ぽち袋には印刷の筆文字で『寸志』と書いてあった。私は思わず『寸志』の意味を調べた。心ばかりの贈り物、ささやかな謝礼、というようなことであるらしい。正社員の冬のボーナスは約三カ月分だか三・何カ月分だかだったと聞いていた。単純に計算して六、七十万。『寸志』は約二十分の一だ。私はそのお金をぽち袋に入れたまま鞄《かばん》につっこんだ。使う気にも、口座に入れる気にもならなかった。いまだにそのまま入っている。順当に勤めていれば、あと少しで夏の『寸志』がもらえたのだろうか。次は五万位に上がっているかもしれない。

「私も辞めたいけど、辞めてもなあ」私より三歳年上の彼女は独身で、結婚したい相手と同棲《どうせい》しているのだが相手の給料も正社員としては安く、ふんぎりがつかないらしい。今のように忙しいのは嫌だが辞めたり転職したりするのは不安だとも言っていた。「転職して、今から正社員になれるとは思えないしね。非正規だけどフルタイムだし、今は残業代ももらえるから、下手したら私の方が彼より給料高かったりするの。何だかね……。頑張ってたらいつか正社員にしてもらえるわけでもなさそうだし」彼女は元々大手企業で正社員をしていたのだが、上司からひどいモラルハラスメントを受けて心療内科を受診する破目になってそこを辞め、今の職場に来たという。「あーあ。でも私も辞めちゃいたい。私も彼氏が急に出世して転勤にならないかなあ。松浦さんは仕事はどうするの？　また探すの？」「はい。でも田舎なんであるかどうか……夫の実家が持ってる借家にただで住まわせてもらえるらしいので、生活は何とかなりそうです」「うそ、じゃあ専業主婦？」彼女はまた目を剝《む》いた。「夢みたい！」夢みたい？　「夢みたいですか？」「夢みたいじゃない、養ってもらえて自分はおうちでおうちのことゆっくりやって、パン焼いたりさ、ガーデニングしたりさ……いいなあ、いいなあ」彼女は頭を左右に揺らしながら制服のベストをちょっと下に引っ張ってウエストを撫《な》で、そのまま手を目の前に持ってきて爪《つめ》を検分するような仕草をした。彼女の爪は月に一度のネイルサロンできれいに塗られるのだが、月に一度なので下の方から新しい爪が生えてくる。サロンのネイルはサロンに行かねばきれいに取れないそうで、彼女はそれを無意識だろう、反対の指の爪でかりかり擦《こす》り剝《は》がす癖がある。小さくて透明な石が先端に乗っかったナス紺のネイルは、下三分の二程がまだらに剝げてパンクな感じになっていた。両手で六千円、石を載せるとオプションで追加料金だが知り合いが勤めているのでだいぶ安くしてもらえるのだと聞いていた。私は自分で爪を塗ることはあるが、甘皮の処理をしないのであまりきれいには見えない。とはいえ、数千円を出してまで爪に石をくっつけたいとは思わない。

「私も人生で一度は専業主婦になりたい。……うそ、あれ、もしかして妊娠したとか?」私は首を振った。私が職場で親しく話をするのはほとんど彼女だけで、それは正社員の人とは話してもうまく嚙《か》み合わないことが多い以上に私が人見知りなためだと思うが、しかしそんな彼女ともあまり踏みこんだ話をしたいとは思っていない。しかし彼女はどういうわけか私に妙に色々な心労や心配について語ってくれる。

このまま非正規で結婚もずるずる先延ばしにしていては、子供が産めないのではないか、そんなのは絶対に嫌だけど、じゃあ今どうすればいいのかわからない、というのが彼女の最も大きな悩みだった。私は首を振っただけでは足りない気がして「全然そんなんじゃあないです」と付け加えた。彼女は手を洗い、爪先の石を磨くように拭《ふ》いた。よほど丈夫にくっつけてあるらしく、どんなに土台の色が剝げても、石は最後まで彼女の爪の上にとどまっている。「そっかあ。でも辞めて余裕できたらすぐ妊娠するかもよ。そしたら教えてね。絶対教えてね。私、遠くても絶対会いに行くからね」

彼女はどうも、私も子供が欲しくて、彼女が欲しいと願うのと同じくらい欲しくて、それなのに結婚して数年経《た》つのにできない気の毒な人なのだと思いこんでいるらしかった。否定する機会もないのでその設定に合わせ話をしているが、私は別にどうしても子供が欲しいとは思っていない。積極的に欲しくないとも思わない。授かりものとはよく言ったものだと思う。「でもさあ、シビアな話、産むなら専業主婦より働いてた方がいいんだよ。余計にお金もらえるの。国か県か、そういうところから補助金がもらえるらしいから」「そうなんですか」「まあ、非正規と正社員で全く同じかどうかはわかんないけどね」彼女は鏡に映った自分の眉尻《まゆじり》を擦った。爪にお金をかける割に化粧は薄い。もともと派手な顔立ちなので化粧をすると目立つのかもしれない。幅の広い二重に、カールしていない長い睫毛《まつげ》がかすかに影を作っている。大きなほくろがこめかみに一つ膨れてくっついているのを気にしている。肌はきれいな方だろうが、口の中には金属の歯が多くて笑うと目立つ。「結局さ、夫婦とも正社員っていうのが一番いいのよ。社会的にもそうだし本人的にもさ」「じゃあ正社員になれるってなったらなりますか？」「え、私？　なるよー」彼女はかなり強くうなずいた。昼休み、女子正社員は皆外に食べに出る。反対に非正規は皆席で食べる。何となく、それはお互いの暗黙のルールで、正社員の女性が席で昼を食べていたら、よほど仕事が忙しいか、普段一緒に食べている相手と何かあったかということを意味した。嫌い合っているわけではない。いい人もいる。ただただ出自が違うのだ。かたや六、七十万、かたや三万円、話が噛み合うわけがない。お外でお昼とおしゃべりを済ませた正社員らが歯磨きに来るまでにはあと十五分はあるため、この手洗いにも当分正社員らは立ち入らない。

彼女は憤《おこ》ったような大声で「だってさ、今正社員と同じ仕事しててぽち袋なんだよ。だったらボーナス欲しいじゃん。いいよ、私出張もするよ、ランチ会にも参加するよ、だって悔しいじゃん。どうせうちらは育休だってもらえないんだよ。もし仮に、仮にだけど、妊娠したら、臨月まで働かされて一回解雇されて、一年後だか何だかに席が空いてたらまた再雇用で、もし再雇用してもらえたって、どうせパートなんだよ。空いてなかったらそもそも雇ってくれないだろうしさ。正社員なら自動で一年休ませてもらえて三年間時短勤務できて、その間も給料もらえるしボーナスも全額じゃないけどあるししかも自治体からの補助金とかまで出るんだよ。同じ人間かっつうの。私全然正社員でもいいよ。うそ、松浦さんはなりたくないの？」「なりたくなくはないかもしれませんけど、これ以上忙しいのはちょっと……」「ねえ先月残業代どれくらい出た？」彼女はこちらに向き直った。磨きたての歯から私のとは違う銘柄のミントの匂《にお》いがする。「数万、円」「私はね、六万と七万の間」「あ、じゃあ同じくらいです」ボーナスはぽち袋だったが残業代は申請した分だけは出る。申請するのが三十分単位なので、毎日三十分からはみ出した分を加算すればそれなりにサービスしていることになるが、それは仕方のないことなのだろう。そしてそれだけ金額の増えた明細を見ても、しかし私はちっとも嬉《うれ》しくなかった。

基本給の欄はずっと同じなのだ。「基本給から考えたらすごい額だよねえ。残業ない月の一・五倍近いんだよ。でもその分働かされてるってことだもんねえ。社畜。非正規なのに」「でも残業代出るだけマシなのかもとも思いますし」「そう、それはあるよね。うちの彼氏なんて残業は基本サービスみたいだもん。みんなそうだって言うもん。だから下を見ればきりがないのはわかってるんだけどね……ねえ私さ、残業のせいで今週ずっとスーパーのお惣菜《そうざい》で夕ご飯済ませてるんだけどそろそろ彼にキレられそう。松浦さんとこは大丈夫？」「なんとか……でもカレーを四日続けて食べる、みたいなことになってます。豚汁とかシチューとかおでんとかを大鍋《おおなべ》で作ってそれを毎日」「作ってるだけ偉いね……あーあ。家に帰ったらご飯ができてたらいいのになあ。ダンナさん、自分の方が早い時とかは作ってくれたりする？」「いやあ、そりゃ、頼めば一日や二日はやってくれるでしょうけど……何ていうか」私が言葉を探して口を閉じると、彼女は勢いよく鏡の方を向き、映った自分自身を睨《にら》みつけながら「言えないよね。わかるわかる！」と叫んだ。「私も言えないよ。思うけどね。作っとけよって。アンタの方が早い日だけは作っとけよ！　って。でも言えないよねえ、なんでだろうねえ。私も正社員なら対等に言えるのかなあ」

私は腕時計をちらりと見た。昼休みには息抜きをしないと死んでしまうとはいえ、そろそろ仕事に戻りたい。どうせ今日も残業、多分、辞めるその当日まで残業だろう。「でもさあ、松浦さんいなくなったらその分の仕事は誰がするんだろうね」私が顔を上げ、鏡越しに彼女の目を見ると、彼女は右手をひらりと前方に突き出して爪の石を見ながら「そろそろサロン行かなきゃなあ。残業代で石増やそっかなあ」と呟《つぶや》いた。鏡には白い飛沫《しぶき》が無数に飛んで乾き、彼女の胸から下を汚していた。

引っ越し当日は大雨だった。水不足が心配されるほどの空梅雨の中で唯一終日大雨の日曜日だった。地方によっては川が増水し避難者も出たらしい。当日朝一番にやってきた引っ越し業者は気の毒そうな顔をしたが、私はそれ以上に、雨の中を大型の家具を運ぶ彼らが気の毒だった。荷物がトラックに積まれ、私と夫は車に乗った。夫は音楽をかけたが、どれもジャズだか何だかで、私は気がつくと眠っていた。目覚めるとそこはもう夫の実家の前で、姑が玄関のひさしの中に立って待っていた。雨脚は更に強まっており、辺りは夜明け前のように暗かった。

業者がトラックから降りて帽子に手を触れ姑に挨拶《あいさつ》をしながら私と夫を物問いた気に見た。我々が何か言う前に姑が夫に「二階を寝室にするんでしょ？」と言った。姑は木綿シャツを着てジーンズをはき、袖《そで》と裾《すそ》とをまくりあげていた。腕が赤ん坊のようにふっくらしていた。「うん？」「あら、あさちゃん今まで寝てた？」「あっ」私は慌《あわ》てて目がしらを擦った。抜けた睫毛が爪の先に絡《から》まった。「はい、宗明さんに運転任せちゃって……すいません」「いいのよいいのよ、荷づくりで疲れたんでしょ。こういうことは女の方が疲れるって相場が決まってるのよ。同じだけやってるように見えてもね。ねえ宗明、だから二階を寝室にするんでしょ？」「うん、何が？」「私この前電話でカーテンのこと言ったでしょ、前の人がつけっぱなしにしてたカーテン。あれ洗っちゃったから今二階にカーテンないの、今日こんなに雨降ると思わなかったんだもん。もうこれじゃ乾かないから、今日寝るのはうちで寝る？　それかコインランドリーで私ちゃちゃっと乾かしてこようか。あるのよ、コインランドリー、車で行けばすぐ」「別にカーテンくらいなくても大丈夫だろう」業者が私にすっと近づき「あの、すいませんこちらの方は？」とささやいた。「あ、夫の母で、この家の大家です」「ああ、なるほど、お母様ですか」業者がかすかに笑った。若い男性の汗と雨の匂いがふんとした。汗染《あせじ》みができない素材なのだろう、彼の服はさらさらに乾いて見えるのに髪の毛だけがキャップの中でぺたりと寝ていた。

借家に移動してからの引っ越し作業の陣頭指揮は姑が取った。「ああ、あのね、ほら、玄関にマット敷いといたからね、今日大雨でたーいへん……お兄さんたちは、アルバイト？　大変よねえ、こんな雨の日にごめんね」業者は靴を脱いで真っ白なソックスになり、壁や床の保護材を両腕に抱えて玄関を入った。姑は彼らに間取りを説明した。「こっちが、納戸《なんど》で、台所がアッチ向きでこうくっついてるから。西はこっち。だから西日がねえ、ちょっと強い部屋なんだけど……ねえ、私一応ね、要らないかもしれないと思ったんだけど、防災用の、転倒防止のやつ買っといたんだけど持ってる？　家具の下に敷くやつ。これ使う？」業者が夫を見、夫が私を見た。「ええと、ありがとうございます。用意はしてないです」姑は他にも何やらいろいろなものを用意していた。クーラーボックスに入ったポカリスエットとお茶、何枚ものタオル、ビニール袋に入ったおしぼり、ガムテープ、巻尺などが入った紙袋。姑はその中から『耐震　ふんばるくん』と印刷してある青いパッケージを取り出し、引っ越し業者に渡した。「じゃあこれ、ねえお兄さん、これ冷蔵庫とか食器棚とか重いもの置く時下にこう、噛ませてやってください」「わかりました」「えーと、何個あれば足りるかな？　一応七個買ったんだ。本棚とかはあるの？」「いや……」「じゃあ冷蔵庫と、食器棚、と、タンスは？」「タンス……はいタンスあります」「タンス納戸に置くの？　二階？」夫の携帯電話が鳴った。「あっ、ごめん、俺出るよ」夫はそれを持ってとんとんと二階に上がってしまった。姑がそれを見ながら私を見て肩をすくめた。人によっては、姑はまだ四十代に見えると言うだろう。化粧気のない頬がつやつやと赤らんでいて若々しい。私の実母は姑より十歳近く若いが、下手をするともっと老《ふ》けてしぼんで見える。それが何となく、出産以来ずっと専業主婦だった人と働き続けてきた人の違いのようにも思われる。二階からは夫の笑い声が聞こえた。姑は既に額に浮かんでいる汗をタオルで拭きながら「ああもう、あの子が主役なのに、知らん顔して……本当に頼りになんないわねえ。じゃあタンスは二階ね」と言った。

　業者らは保護シートを玄関や廊下や階段わきに貼りつけてまわった。姑は紙袋から私にスリッパを出してくれた。「あさちゃん、これはいて。掃除したけどどうせ埃《ほこり》が出るからね。でもね、室内は、プロクリーニングの他にね、除菌とね、防黴《ぼうかび》と防ダニ加工をしといたからね」借家の中は、塩素のような酸のような匂いが漂っていた。「ありがとうございます」「前の人が割合きれいに使っててくれたから楽だった……ちっちゃいお子さんもいたのにねえ、カトウさんって言うんだけどね、いい奥さんでとっても目が届いてたのよ。子供ってシールや何か貼っちゃうじゃない、そこいらに。だから壁から床から大丈夫かいなって心配してたんだけど、ほーら、つるつるぴかぴか」「今日は、お義祖父《じい》さんは?」「うん、さっきまでテレビ見てたけどもう寝てるんじゃない。日中いっつもテレビ点《つ》けっぱなしで寝てるのよ、こっくりこっくりしてね」「そうなんですか。あ、お義父《とう》さんは?」「今日も泊りがけゴルフ。アテンザなかったでしょ。でもこの大雨じゃねえ。気の毒」夫の実家には車が二台ある。紺色の軽と、銀色の少し大きめの車だ。多分銀色のが舅《しゅうと》の、紺色が姑のなのだろう。舅とはあまり顔を合わせたことがない。結納、結婚式、盆暮れの帰省、舅もその場にいたはずなのだが、喋っていたのが主に姑だったせいかそもそも印象が薄かった。再雇用か役員待遇か、とにかくまだ働いているはずだ。義祖母は夫がまだ子供の頃に亡《な》くなったと聞いていた。業者の一人がこちらに駆けてきて

「あのー、奥さん、すいません」と言った。姑がハイッと返事をした。「あの、電子レンジはどうされますか。お台所のコンセントの、冷蔵庫と電子レンジの兼ね合いはどうされますか、あと炊飯器もありますけど、配置をご指示ください」「あっ、今見ます」私ではなく姑が台所に駆けて行った。夫は二階で更に大きな笑い声を上げている。「ひでえ大雨。うん、そういう運命なんだよなあ。人生に何回もないような引っ越しの日に大雨洪水警報が出るのが俺の人生なんだよなあ。うわははは」私は開け放たれた玄関先に取り残された。ひさしがあるので雨粒こそ入らないが、外からは水気の混じった外気が流れこみ、酸と塩素の匂いと混じり合っている。業者がドアストッパーを噛ませているのだ。姑が用意していたスリッパは犬の顔が刺《し》繍《しゅう》してある妙に立体的なもので、足の裏がふかふかした。新品に見えた。まさかわざわざ買ったのだろうか。引っ越しが終わったら、この珍妙なスリッパを姑はちゃんと持って帰ってくれるのだろうか。「あさちゃん！　ちょっと来てみて！」姑の声がして、私はピンクの舌をべろりと出したその犬をぱたぱた鳴らしながら走って台所に行った。垂れた耳のところがひらひら動く仕様になっているのだ。ビニール張りのフローリング風の床のリビング、今までより遥かに広い台所、大きな窓、その向こうには奥行き二、三メートルくらいの何も植わっていない小さな庭が見え、そこにいくつか水溜《みずた》まりができていた。いくつか人為的に掘られたらしい深い穴ぼこもあった。何かが植わっていたのを掘りだしたのか、それとも子連れの家族が住んでいたというから子供のいたずらか。その向こうには夫の実家がある。雨に打たれる庭木が何本か見えた。その隙間《すきま》に人影が見えた気がしたが焦点を合わせようとするとぼやけて消えた。「何でしょう」「あっ、大丈夫、今解決した。こっちが冷蔵庫でこっちが食器棚、それでね、ほら、これが転倒防止シート」業者が無表情で私を見た。私はつとめて大きな笑顔を作り「いいですね！」と答えた。

雨脚は寝るまで弱まらなかったが、翌朝目が覚めると、カーテンの代わりに姑が真新しいバスタオルを何枚も吊《つ》り下げて帰った二階の窓から白く乾いた空が見えた。今までより早起きをしたのに、もう太陽の光が満ち始めていた。私は一瞬、とても遠い、今までとは一日や四季のリズムから異なるような場所に引っ越した気がした。白夜の北欧、あるいは常夏《とこなつ》の島、しかしここは日本のままで、越県さえしていなくて、ただ少し山間部に近いところに来ただけだ。地名に「字《あざ》」がつき、番地の数字は妙に少ない。郵便番号を覚えねばならない。それにしても明るい。まるで真っ昼間のようだ。半信半疑で体を起こした私の隣で夫はまだ深く眠っていた。窓を開けると蟬《せみ》の声が聞こえた。時計を見たが六時前だった。蟬？　油蟬の、今年初めて聞く鳴き声だった。その日から本式の夏が来たらしく、異様に早く梅雨明けも宣言された。

家から少し歩いたところに大きな川がある。まだ海は遠い、どちらかというと上流に近いような場所のはずだが川幅は広く、水も所々濁っている。川に近い土地ならば涼しいのではないかと何となく思っていたが、そんなことはないようだった。ただ、川の気配のようなものは川が見えていなくてもそこらに漂っていて、それは涼やかな湿気などではなく、蒸されたような草いきれや、淀《よど》んだ水の匂いで私に感知された。川と反対側には山もあり、見上げるとその中腹まで灰色の家でびっしりと覆《おお》われている。比較的新しい住宅街なのだそうだ。まだ分譲中の土地もあり、『あたらしいまち　みどりとそらの　みその園』と印刷された幟《のぼり》が、路上にぽつぽつ立っていたりもした。夫は車を通勤に使うので、私の移動手段は徒歩かバスということになるがバスは通勤時間以外は一時間に一本あるかないかで、それに乗ってもJRの駅まで四十分近くかかる。街中に買い物に行きたいとも、再々友人たちと昼食などを食べたいとも思わなかったので、いきおい私は家にいることが多くなった。

出かけるのはスーパーへ行く時くらいで、しかも暑いので昼日中は避けたい。年寄りが多い地域だからなのか夏だけのことなのか、最寄りのスーパー「マルチク」は朝七時から営業している。私は夫を送り出して自分の朝食を食べるとまず歩いてマルチクへ行くようにした。だだ広い駐車場は客が皆車で来るのを想定してのものだろう。この時間にはがらがらだが、九時、十時を過ぎるとかなり混む。車でやってきた中高年の夫婦連れは二人とも両手に巨大な袋を提げるかカートを押している。その装備での駐車場内の移動を厭《いと》って、建物の出口辺りにお父さんか誰かが車を移動させてくる、そのせいで駐車場内にも渋滞ができる。更に週末の特売日にはその広い駐車場そのものが満車となり車道に入車待ちの長い行列ができる。朝七時だと、目玉商品はまだ並んでいなかったり、肉魚類がなかったりするのだが、それでも混み合った店内や駐車場をうろうろし、炎天下に荷物を提げて帰るよりはずっとましだった。朝に買い物を済ませてしまうとそれから私はずっと家にいることになる。

図書館や、歩いているだけで時間をつぶせるようなショッピングモールや大型書店は徒歩圏内にはない。引っ越しの荷物が片づくと、私は何の予定も宿題もない夏休みを与えられたような気持ちになった。職探しを始めてはいたが、足がないとなると、できるのは求人雑誌でごく近所の求人を探すかマルチクや個人商店の店先に貼ってあるスタッフ募集を探すくらいで、そう早く物事が動きそうには思えなかった。六時前に起き、夫の弁当を作り、夫の朝食を準備し、夫を送り出して自分の朝食も食べ、マルチクへ行き洗濯なり掃除なりをしてあとは特にすることがない、こういう生活をして、彼女は「夢みたい」と言ったのだろうか。それまで朝から晩まで働いていたのが嘘《うそ》のような気がした。朝から晩まで働かないと生活できない私と、昼前には一通りの用事が済んであとは夕食を作るまで呆然《ぼうぜん》としていてもいい私と、本当に同じ人間だろうか。一週間で飽きる、と思ったが実際は一日で飽きた。そして、一度飽きてしまえばそれは普通になった。テレビを見る、パソコンを開く、本を読む、手のこんだ料理や独身時代のようにお菓子を作る、その全《すべ》てに無駄な電気代なり本代なりガス代なり要は金銭が必要となった。三食昼寝つきと揶揄《やゆ》する言葉をかつて聞いたことがあるが、要は昼寝をするのが最も経済的で効率的な過ごし方なのだ。時間が経つのが遅いのに、一日、一週間が過ぎるのが異様に早い。様々な予定、納期、ミーティング、給料日、そういうもので時々刻々を刻まないと、時間というのはずるりと垂れ落ちてその速度を把握できなくなってしまうものらしかった。

　窓を開けると蟬の声が聞こえる。田舎に来て樹木が多いせいか、今年の気候が影響しているのか、今までに感じたことがないほど重層的にその声は聞こえた。まるで、一匹飲みこんで体内で鳴かれているかのように迫って聞こえてくる。うるさいな、と思うのは一瞬ですぐに慣れるのだが、何かの拍子にまた気がいくと、蟬の声が肌中に張りついて窒息しそうになる。といって窓を閉めていたらすぐに蒸されて死ぬだろう。私はクーラーをつけないことを、無職の身として自身に課していた。これで快適な室温の中汗もかかずに昼寝をしていたら、それこそ汗水たらして働いている夫に対して申し訳が立たない。

　ソファでうつらうつらしていた私の携帯電話に、見知らぬ番号が着信した。「あさちゃん、ごめん、今大丈夫？」私はとっさに身構えたが、出ると姑だった。「はい」私が答えると、姑は家で聞くよりやや低めの、水気の少ない喋り方で「あのね、本当に、本当に、本当に申し訳ないんですけどー」と言った。「私ね、今日の日づけを勘違いしてて、いや、勘違いではないんだけどうっかりしていて、それで、今日どうしても払わなきゃいけないお金を、用意してたのに家に忘れてきてしまったんですよ」「はあ」「ちゃんとお金をね、払込票と一緒に封筒に用意までしてたんですけど持ってくるの忘れてしまいました。今日定時で帰ってもね、今日の五時とか六時までなので、その払込票の期限が、間に合わないので、早退してしまおうかなとも思ったんですが、もしか、あさちゃんが今忙しくないんならば、それをね、代わりに払い込みに行ってもらえまいかと思って。今から用事ありますか？」敬語交じりなのがおかしかった。誰かが後ろで聞いているというのだろうか。その割に、姑の背後はしんとしていた。平日の昼間なのだから今姑は職場にいるのだ。それにしては異様に静かだった。何となく、とても涼しくて快適な場所なのだろうなと思った。私は借家のリビングにいて、扇風機を弱風に入れ、ソファに座ったり立ったり動きまわったり風がよく通るようにカーテンを開けたり眩《まぶ》しいので閉じ直したりしているうちに眠っていた。頭痛が始まる予感のようなものがこめかみ辺りに漂い、それは蟬の声と呼応していた。近隣の家からは子供の雄たけびのような声が聞こえていた。まだ七月頭で、おそらく夏休みではないのに昼日中から叫んでいるのだから未就学児なのだろうが、それにしてはくっきりとした大きな叫び声だった。私はことさらにきびきびした口調で答えた。「用事、ないです」昨日、久しぶりにバスに乗って電車に乗って遠出をして治療途中だった歯医者に行った。虫歯の治療は終わった。今日からは先に何もない。朝も昼も夜も平日も週末も暇だった。姑は息を吸い、吐きながら言った。「そう、だったらうちのね、玄関の靴箱の上か、台所の食卓か、もしかしたら仏間の座卓の上かな？　多分そのどれかに封筒があって、中にお金と払込票があるはずなので、それを持ってコンビニに行って、払ってきてもらえないでしょうか」「コンビニでいいんですか」「うん、銀行のATMより近いから。ちっちゃいけどセブンイレブン、場所わかります？　川沿いの……」「はい、わかります」「いい？　いい？　本当にいい？　申し訳ない、本当にうっかりしてて、今日ちょっと朝ばたばたしてたんだろうと思うんですよ。お祖父《じい》ちゃんにお金のこと頼むわけにもいかないし、今日暑いし、じゃあ、本当に申し訳ないんだけれども、お願いします。ああ、あさちゃんも暑いでしょう。お釣りで何か、アイスでも買って食べて、食べながら歩いちゃあれだから、うまいことして、止まって、食べて、帰って、ください」最後は喋り方が外国人のようになっていた。

電話を切ると、この番号を登録しますか、というメッセージが携帯に浮かんだ。固定電話のだから、職場の番号だろう。私は姑の職場はおろか携帯電話の番号も知らない。どうして姑は私の携帯電話を知っているのだろうか。夫に聞いたのだろうか。なぜ家の固定電話にかけてこないのだろうか。一応、万一の時の連絡先を知っておいた方がいいかと思い、私はその番号を登録し、登録名を義母職場、とした。私は姑の勤務先の名前を知らない。具体的に何をしているのかも知らない。

姑からの電話を切ると、私は借家の隣に建っている、夫の実家に行った。陽光が尋常ではなかった。風もなく、空気は停滞していた。庭では義祖父が水を撒《ま》いていた。大きな麦わら帽をかぶり、青く光るホースを操っている。門をくぐった私に気づき、義祖父はにっこり笑って片手を上げた。日中は義祖父だけが実家にいる。九十近いかもう超えているのか、相当高齢なのだが元気そうに見える。「こんにちは」私が声をかけると、上げたその手をさらに上に上げ、より歯を剝き出した。細長い前歯と、左右対称にある犬歯の金歯が光った。「暑いですね」どうしてこんな暑い時間にわざわざ外で水撒きをしているのだろう。姑は日中ずっとテレビを見ていると言っていたが、それは姑が家にいる休日だけで、平日はこうして庭に水を撒いたりもしているようだった。庭には門のところの松、玄関脇の百日紅《さるすべり》、その他私には名前のわからない庭木が植わり、地面からも数種類の植物が生えていた。花をつけているものも、一見枯れかけているように見えるものもあった。プランターにはバジルらしき濃い緑色の草が茂っていた。あまりに茂り照り光っている。齧《かじ》ると歯まで緑に染まりそうで、とても食べられるものには見えなかった。「お義母《かあ》さんに頼まれたんで、ちょっと中に入りますね」義祖父はずっと歯を出して笑っているものの何も言わない。元気とはいえ、耳がかなり遠いのだ。私はにこにこした顔を義祖父に向けながら玄関の引き戸を開けた。

がらがらと音がし、余分な靴が置かれていないので妙に広く見えるたたきは外の明るさとの対比で真っ暗に見えた。靴箱の上に封筒はなかった。私は靴を脱いで家に上がった。食卓の上にもない。きちんと片づけられ、箸立《はした》てと、義祖父の昼食らしい、厚切りパンにチーズが貼りつけられラップで包まれたものとポット、皮つき四つ割のリンゴが入ったタッパーが置いてあるだけだった。あらゆるものが背の順につりさげられたシンク前の壁、ガスコンロの上には洗われ乾いた鍋とフライパンが置いてある。私はふすまを開けて仏間に入った。障子越しに日の光が入っている。

小さな座卓の上に茶封筒があった。ほっとして中を見ると払込票と紙幣がある。私はそれを持ち、一応形だけ仏壇に手を合わせた。桃の匂いがした。仏壇の扉は開けられ、中によく熟れた立派な桃が三つ供えてあった。鴨居《かもい》には遺影が数葉飾られている。最も新しいのは義祖母のカラー写真だ。それより前は、どれもモノクロの相当高齢に見える老人ばかりだった。嫁ぐ前の挨拶の時か、嫁いだばかりの頃か、仏壇に手を合わせてからふと見上げた義祖母の写真が姑にそっくりだと思い、それを口にした。「え？　誰が？」姑は並んだ写真を見上げた。私は目の前の姑を何と呼称していいのかわからず、咄嗟《とっさ》に右手の指を揃《そろ》えて前に突き出すようにして姑を示した。「え、私？」私がうなずくと、姑は一瞬目を剝いてから、すぐにからからと声を上げて笑った。「あさちゃん、何言ってるの傑作。私とこの人は血が繫《つな》がってないのに、だって私は嫁だもの」「あっ」私は口を手で覆った。「そう言われればそうですね……すいません」しかし、見れば見る程写真の義祖母と姑は、頰の辺り、口元の皺《しわ》などがそっくりだった。具体的にこのパーツが、と言えないのに似ているところが何より肉親めいて思われた。姑は、アア、おかしい、とうめいて目尻に浮かんだらしい涙をぬぐった。「はあ、笑わせてくれるねえ」「すいません」「謝ることは一つもないけど、でも、ううん光栄だわ。多分若い頃は美人だったんじゃないかなあ、お棺に入れたあとも生きてるみたいに肌がきれいだったのよ。ナントカ小町に選ばれたこともあるって。それは戦前のことだったらしいけど」姑はそう言って肩をすくめ、またからから笑った。本当にかんからと音がする笑い声だった。私は改めて写真を見上げた。写真はやや角度をつけて飾ってあるため、その黒い着物を着た初老の女性から、私は顎《あご》を上げて見下されているように見える。義祖母の写真のきめは粗く、元は小さかったものを引き伸ばしたのだろう。何度見てもやはり姑によく似ている。私は立ち上がり、封筒を持って家を出た。

義祖父は、玄関から出てきた私を見て、さっきの繰り返しのように片手を上げて歯を出した。「これをね、払ってくるようにって、頼まれたんで、いただいて行きますね」反応はない。私はまだ、どのくらいの音量で喋れば義祖父に届くのかよくわかっていない。姑の言葉には義祖父はうなずいたり返事をしたりするので、まるで聞こえないわけではなく、また義祖父と話す時に姑がそこまで大音声《だいおんじょう》を張り上げているというわけでもないように思う。おそらく何かコツというか、適切な音域やイントネーションがあるのだ。義祖父はしばらく私を見つめていたが、ふっと視線を逸《そ》らし、また水を撒き始めた。

一度借家に戻り、窓を閉めてまわって自分の財布と一緒に封筒を手提げに入れ、帽子をかぶって家を出た。動くものは何も見えなかった。樹木は静止していたし、どの家の窓も閉め切られていた。路上に歩く人はおろか犬も猫も、飛ぶ雀《すずめ》、カラス一匹もいなかった。陽光で目がちりちりとした。蟬の声と義祖父の水音だけが聞こえていて、しばらく歩くと水音も聞こえなくなった。油蟬、少し違う鳴き方をする蟬、スニーカーの薄い底を通してアスファルトの熱気が私の指の間にまで染みこんだ。

コンビニの場所は知っているが、引っ越してから今まで行ったことはない。マルチクの方がより近いし、コンビニでなくては手に入らないものが欲しかったことはない。雑誌はもう買わない。コピーも取らない。向かう道筋は川沿いの遊歩道で、季節が良ければ素晴らしい散歩コースになるだろう。冬には渡り鳥が飛来するので観察するとよいという看板も立っていた。ただ、今は夏だ。夏には、どんなにすがすがしい場所であれ、野天の舗装道を歩くのはしんどい。暑い。風もない。蟬の声が空気の粘度を増している。右手に川、左手には民家が並び、民家はどれも濃い緑色に光る庭を持ち、遊歩道に面した窓にゴーヤやその他のグリーンカーテンを施していた。そのうっそうとした蔓葉《つるは》の向こうに人の気配は感じられなかった。テレビの音声も生活音も聞こえない。子供の声一つしない。川土手は繁茂した草に覆われていて、遊歩道から見下ろすと水面さえほとんど隠れそうになっている箇所もあった。渡り鳥ではないのだろう、灰白色の大きな鷺《さぎ》風の鳥がのっそりと川面《かわも》に立ちつくしているのが草の隙間から見えた。ススキ、クズ、他にも見覚えがあるが名前のわからない草がびっしりと茂っている。川面は所々青く濁ったようになっていたり、緑色に淀んでいたり白い光の反射で真っ黒に見えたりしていた。乾いた草からはあぶったような繊維質の匂いがしている。遊歩道の真ん中に、真っ黒で濡《ぬ》れ濡《ぬ》れと光る、大きな犬の糞《ふん》が落ちていた。その上部に銀色の蠅《はえ》が二匹とまっていた。犬の糞が彼らの食糧だとして、それに手も足も顔も埋《うず》めて食べるというのはどんな気分だろう。彼らも動かなかった。もしかしたら死んでいるのかもしれなかった。食べ物にまみれて死ぬのはどんな風だろう。私は首を折り、足元を見て歩いた。地面には、食べかけのまま置かれたカップ麺《めん》やティッシュや、軍手や、砕けた蚊取り線香などが落ちていた。吐く息吸う息に蟬の声が混じった。一体何匹蟬がいるのだろう。一匹の声が届くのはどのくらいの範囲なのか、地面にはいくつか空蟬《うつせみ》が転がっていたが、蟬そのものの死骸《しがい》はなかった。蟬はこんなにたくさん鳴いているのに、そしてその寿命はとても短いのに、どうして路上は蟬の死骸だらけではないのだろうか。大きな茶色いイナゴが土手の草むらから跳び出した。ぶるる、と震えながら翅《はね》をしまい、少し前進した。私の手のひらくらいもある。私と対峙《たいじ》するようにイナゴは数歩こちらに歩いてからくるりと反対側を向き、急に翅を広げて飛んで行ってしまった。向かった先に視線を向けると、黒い獣が歩いていた。

暑さのせいで目が変になったのかと思ったが、何度見てもそれは生き物、明らかに哺乳《ほにゅう》類の何かの尻から脚にかけてだった。黒い毛が生えていて、大きさは中型の犬くらい、いやもっと大きいか。肩幅というか体積がありそうな、しかし脚は腿《もも》が筋肉質に盛り上がっているのがぎゅっと細くなっており膝《ひざ》から下は小枝のようで、尻尾《しっぽ》は長くてやや しなりがあり、ちょこんと見える耳が丸かった。あばらが浮いていて、しかし背中は硬そうに丸く盛り上がって中に分厚い脂肪か筋肉かがあるように見えた。とにかく真っ黒で、おそらく毛は硬そうで、中天に太陽があるせいでほとんど影がなく、そのほとんどない影ごと体であるかのように、それはトコトコと先を急いでいた。犬でも猫でもいたちでもたぬきでもいのししでもないように見えた。人も犬猫も小鳥もカラスも見当たらない路上で、ただ獣だけが歩いていた。川を挟んで反対側には車道があり、そこには車が走っていたが、運転者や同乗者の姿はまぶしいせいで同定できなかった。誰も私とこの獣を見ていないと思った。獣も私を見てはいない。私を先導するかのようにさっさと歩いている。私はそれを追って歩いた。獣は、後ろからついてくる私の気配に頓着《とんじゃく》することもなさそうで、振り返りもせずペースを変えずに歩いた。ジャアジャア、ジョオジョオ、ジャアア、蟬ばかりで、瀬音も何もしなかった。獣はすっと土手の方に曲がった。繁茂している草がそこだけ、何度も踏まれた獣道のようになぎ倒されていた。獣は土手を降り始めた。私は思わず同じように土手に足を踏み入れた。獣は傾斜のそこまできつくない土手をぽこぽこと降りた。どうも蹄《ひづめ》があるようだった。脇《わき》に生えている尖《とが》った草が私の肌を撫でた。川面が黒く光ってちらついた。一歩進むごとに無数の何かを踏み砕く気配がした。虫か、その死骸かもっと別の動物かゴミか植物か、糞か蝿か、それが次々と私の靴の下でしなり、砕け、めりこんだ。蝉の声が平板に繰り返された。きゃああ、きゃああという子供の歓声が遠くから聞こえた。草むらには古雑誌や空き缶などがまぎれていたが、それも、濃い緑色の中に混じるとまるで天然自然の何かのように見えた。獣の尻が草の間に隠れようとした。私は脚を踏み出した。そこに地面はなかった。

私は穴に落ちた。脚からきれいに落ち、そのますとんと穴の底に両足がついた。私は唖然《あぜん》として、唐突に私の視線よりもずっと高くなった草を見上げた。獣の尻は完全にその間に隠れ、しばらくがさがさと音がしていたがほどなく止《や》んだ。

顔のすぐそば、穴の縁でコメツキムシが跳ね出した。跳び上がるたびにぱちっと硬い音がする。細長くて黒い背には浅い縦筋がいくつも走っている。頭部には曲った触角が見える。コメツキムシのどこがどう鳴っているのかはわからない。私の体はどこも痛くない。穴は胸くらいの高さで、ということは深さが一メートルかそこらはあるのだろう。私の体がすっぽり落ちこんで、体の周囲にはあまり余裕がない。まるで私のためにあつらえた落とし穴のようだった。足元には枯れ草か、藁《わら》か何かが敷き詰められたような乾いた軽い感触がした。水面が今は、草の根元の隙間から見える。それはほとんど真っ白い光のようだった。コメツキムシは跳び上がりながら徐々に移動し、草の間に隠れた。ぱちっという音も聞こえなくなり、辺りは再び蟬の声だけになった。蟬は求愛のために鳴くのだ。蟬はこの声の中に何かしらの差異や特長を見出《みいだ》して配偶者を決めるのだ。異種である私にはまるで機械の音のように、連綿と無感動に続く騒音のように聞こえる。それは蟬にとっても失礼な話だろう。穴の中の居心地は悪くなかった。草の匂いだろうか、川の匂いだろうか、妙に清々《すがすが》しい空気が穴の中に満ちていて、私の体中を浸しているような気がした。はまり心地はいいのだが、出るとなれば少し苦労しそうだった。何せ深い。なぎ倒されたように平らになっている穴の周囲の草の隙間に石やプラスチックのかけらなどが見えた。大きな黒い蟻《あり》と小さな赤い蟻が隊列を組んでいた。かなりの大行列で、同じ方向に向かって時に二列になり時に混じり合い時に赤いのが黒いのの上になったりして進んでいる。私が持っていた手提げ袋が彼らの真ん中に投げ出されていて、数匹がその上を歩き、大部分は迂回路《うかいろ》を形成しようと右往左往していた。私は手を伸ばしてそれを取り、軽く振ってくっついていた数匹を落とし、中を確認した。ちゃんと姑《しゅうとめ》の封筒と私の財布が入っていた。黒い蟻の何匹かが赤い蟻を咥《くわ》え、赤い蟻の何匹かが一匹の黒い蟻の脚を嚙みちぎった。黒い蟻は硬そうで、赤い蟻は柔らかそうだった。脳天が焼け始めていた。私は早く穴から出なければと思った。両手を穴の縁にかけて腕に力をこめたが、足が穴の中で少し浮いただけで、穴の外に体を出すにはいたらなかった。少しぞっとした。対岸に建つ、灰色の町工場のようなものの煙突が見えた。

「大丈夫？」後ろから声がした。蟬の声がすうっと遠ざかった。振り返ると、そこには白いスカートをはいた脚があった。茶色い革のサンダル、爪には何も塗られていない、裾がレースになっているロングスカート、やはり白い半袖ブラウス、位置関係が悪いのか陽光のせいなのか顔が見えない、白い日傘を差している。「あの、大丈夫です。穴に落ちただけです」女性は優しい声で「出たい？　手伝おうか」と言い、日傘を持っていない方の手を私に差しだした。手首がとても細かった。「いえ、大丈夫です、一人で出られます」「本当？」声からしてやや年上の、中年の女性だと思われた。私はもう一度両手に力をこめて両足を浮かせ、穴の縁に尻を載せようとしたがやはり失敗した。胸の高さというのは相当に深い。足元で何かがごそごそと鳴った。地中に棲《す》む虫か小動物が壁面から顔を出し、慌てて引っこんだのかもしれない。私の爪先《つまさき》が土にめりこんで、ぼろりと土が砕け、穴の中にばらばらと落ちた。

「大丈夫じゃないじゃない。どら」女性は屈《かが》みこんで私に手を伸ばした。日傘がずれ、その表情が見えた。口元は面白そうに笑っている、細い顔がすっぽり収まりそうな大きなサングラスをかけていた。やはりかなり年上のようだったが、姑や私の実母よりは下だろう。恥ずかしかったがその手を取った。冷たい手だった。やや筋張ってさえ見え、この手に体重を預けるのか、と思いためらっていると、「サン、ニ、イチ」と女性は言い、ぐっと私の手を引っ張った。私は引っ張り上げられ、体をくねらせるようにして穴から上半身を出し、腰を草の上に投げ出した。その瞬間、反対の手にチカリという鋭い痛みが走った。女性はにっこり笑った。「大丈夫？」「大丈夫です」私は左手を見た。土の入りこんだ爪、薬指の先に、小さな赤い甲虫が嚙みついていた。咄嗟に左手を女性から隠した。「ありがとうございました」女性の白くて長いスカートに草がたくさんくっついていた。砂粒も見えた。土だらけの私の手を握った女性の手も汚れていた。「すいません、いろいろ、汚してしまって……」「どうしたの、こんなところで、この暑いのに」先方は日傘を掲げて私も影の中に入れてくれた。顔を丁寧に塗った女性だった。飴色《あめいろ》のサングラスの奥から目元が少しだけ透けて見えた。かなり奥目のようだった。

私は体の後ろで、指先の虫を取ろうと残りの指でこねながら「ちょっと、あっちの、コンビニで払い込みをしようと思って歩いてたんですけど、何だか動物が」女性は私が言い終わらないうちに「ねえ左手どうかしたの、見せてみてよ」と手を伸ばした。私は体で隠していた手を見せた。まだ赤い虫は嚙みついていた。テントウムシを無地にして小さくしたような見慣れぬ虫だった。じりじりと痛い。「あら虫」女性はまた私の手を取り、その虫に強く爪を立てた。私ははっとしたが、小さな赤い甲虫は頭のところでぶちりと千切れた。女性は自分の爪の間に挟まった虫の甲をぴっと飛ばしてから、私の薬指に指をからませ、ぐっと握りつぶすようにした。指先から甲虫の頭部が外れ、その下で透明な液が球状に溢《あふ》れた。「痛い？　ごめんね。中にね、嘴《くちばし》が残ってるからそれを出さないと……ほら、これでもう大丈夫よ、毒があるような虫じゃないと思うけど、帰ったら消毒した方がいいわよ」「そうですか、すいません、ありがとうございます」「ねえねえ」女性は少しだけ顔を私に近づけてきた。汗を一つもかいていないらしい。

「ねえねえ、あなたこの前引っ越してきたお嫁さんでしょう」お嫁さん？　私は「へ」と答えて女性の顔を見た。サングラスの向こうで目が瞬《まばた》いたのが見えたが、すぐにそれは湾曲した私自身の顔に変わった。「だからムネちゃんのお嫁さんでしょう。私ね、松浦さんのお隣に、ほら、あなたたちが住んでるのとは反対側の隣に住んでる、世羅っていうの」「え？」夫の実家、の反対隣、には夫の実家よりもやや広くて大きな立派な家がある。表札も見たが、挨拶はしないでいいと姑に言われた、それはその家だけではなく周囲の家もだ。「今時ね、挨拶まわりっていうのもね、私が折りを見て言っておくからいいわよ。働いているお宅も多いし、誰それさんのところには行ってうちには来なかったってなるほうが、後々で面倒だからね」「すいません、ご挨拶もいたしませんで、私はあの、松浦の……」松浦の、息子の、宗明の、妻の、私が言いかけると女性は日傘を左右にゆっくり振った。お香のような粉っぽい甘い匂いがした。「いいのよ。こっちで勝手に知ってるだけだから。大雨の日が引っ越しだったでしょ、大変だったわね。今日みたいに暑いのも嫌だけど……でもちょっとは雨、降らないとね。今日はね、うちの息子が注射の日でね、なのに遊んでるんだか戻らないから、それで迎えにきたの」「注射、予防接種ですか」

「ふふふ、この暑いのにね……ねえ、お嫁さんは今、道に迷ってるわけじゃないのよね？」足元で何かが動く気配を感じたが何も見えなかった。「え、はい、あの、道はわかります、コンビニはあっちです」「そうよあっち。こんな、川の方に降りちゃダメ」世羅さんは微笑《ほほえ》んだ。頬や額は真っ白に塗っているのに、唇だけ素のままのような白茶色をしていた。「コンビニはあっち」

「ええ、あの、こういう穴ってこの辺によくあるんですか、びっくりしました、今、落ちて」「私は知らないわ。息子に聞いてよ、いっつもこの辺で遊んじゃ、泥まみれ虫まみれで帰ってくるから……私は誰かいるなと思って、変だなと思って、見たらそしたら松浦さんとこのお嫁さんだったから降りてきただけ。びっくりよ。上からじゃお嫁さんの首しか見えないんだもの」世羅さんはくすくす笑った。口元にあてた細い指に結婚指輪が光っていた。お嫁さん、と呼ばれる度に妙な気がした。お嫁さん、と私は今まで呼ばれたことがあっただろうか。働いている限りは名前で呼ばれたし、そうでなくてもお嫁さん、と呼びかけられたことはなかった。といって、この世羅さんに、私は松浦あさひですと名乗って、あさひさんと呼ばれたり姑のようにあさちゃんと呼ばれたりするのもおかしな気がした。世羅さんからすれば松浦さんと言えば姑の代の人を指すのだろうし、夫は息子さんになるのだろうし、となれば私はお嫁さんになったのだ。私はお嫁さんになっていたのに気づかなかったのだ。世羅さんがふっと首をまわして土手の上の方を見た。また甘いお香の匂いがした。白い日傘の内側が随分黄ばんでいるのに気づいた。

「あの、すいません、お時間取らせてしまって……助かりました」「いいのよ。楽しかった、お話ができて。じゃあ、私先に行くわね」私は頭を下げてありがとうございましたと言った。奥さんはさっきより強く笑んだ。「ねえ、お嫁さん。松浦さん、いい人よ、いい人がお姑さんでよかったわね」「そうですか、そうですね」私はうなずいた。「そうですよ、何よりよ。じゃあまたね」世羅の奥さんはゆっくりと土手を登って行った。長いスカートの裾には草がくっついたままだった。

私はそっと穴を覗《のぞ》きこんだ。暗くて何も見えなかった。底も見えない。実際に落ちた感じよりずっと深く見えた。辺りを見まわしたが、獣の気配はとっくに消えていた。川は私が向かうのと同じ方向に流れている。蟬の声が急に大きくなった。あの獣が何だったのか、世羅さんに聞くべきだったと思った。野生動物なのか、家畜の類《たぐい》なのかペットか、そのどれでもないような気がした。小さな男の子が草の間から頭を出して私を見、すぐに引っこめてがさごそと向こうへ行った。見上げると白い日傘は大分小さくなっており、川がゆるくカーブしているのに合わせて視界から消えた。私も土手を登ってしばらく歩き、橋を渡った。渡ったすぐ先の思った通りの場所にコンビニがあった。

コンビニの中には子供たちがたくさんいた。分厚い漫画雑誌を座りこんで読んでいたり、綿棒やT字剃刀《かみそり》を並べ替えたりアイスの冷凍庫に頭を突っこんだりしている。私はレジに行き、払込票を差し出した。一人しかいない女性店員はハンコのようなものを押しながら「七万四千円ですね」と言った。私は封筒から紙幣を取り出した。ちょうど五万円入っていた。五万円？　私は慌てて自分の財布も開いたが、そこには一万円札すらなかった。「七万四千円ですか？」「はい」店員は私に払込票を示した。確かに七万四千円とある。健康食品のらしい会社名が印字してあった。七万四千円？「あの、ちょっとすいません、お金が……」既に今日の日づけ入りのハンコを押した店員はいぶかしそうな顔をして私を見た。姑くらいの年齢の女性で、明るい色のコンビニの制服から見える首筋が疲れていた。私は「あの、すいませんちょっと足りないんで今、おろします」と言った。店員は首を傾《かし》げながら「あ、今？」と言って少し笑った。「ATMありますよね？」「ああ、そっちの、コピーの横です」店員はレジの横を示した。お決まりの位置にコピー機、その奥にATMがあった。私は自分の銀行カードを取り出しながらそこへ向かったが、その手前に廉《れん》価版《かばん》の無包装コミック棚があり、その前にたくさんの子供がたむろしていて近づけなかった。彼らは、おそらく低学年か、下手をすると未就学児だろう、全く動く気配なく、座りこんでコミックを読んでいる。店内にはラジオだか有線だかの音楽が流れている。聞くだけで、今流行《はや》っているものだとわかるのに歌手もタイトルも性別もわからない音楽だ。「あの、ごめん」私は子供に声をかけた。ぴくりとも動かない。私は店員を見たが、体を半分レジの奥にある扉の向こうに入れて、何かを取り出そうとしている風でこちらを見ていない。「ねえ、ごめん、ちょっと」子供はページをめくる指以外どこも動かさない。視線を本に固定して口をぽかんと開けている。「ちょっとお前ら」男性の声が聞こえた。「ちょっと。そこのねえさんが、お前ら邪魔みたいよ。その向こうにあるやつでお金出したいんだって、どいたげな」

子供らがぱっと顔を上げ、私を見た。口のまわりを白い粉で汚している。甘酸《あまず》っぱい匂《にお》いがした。私が声のした方を見ると、白い開襟《かいきん》シャツの中年の男の人だった。

背はそんなに高くなく、細身の体で雑誌ラック前に仁王立ちし、手に読みかけの漫画雑誌を持ち、首だけこちらに向けている。ズボンは黒かった。「ぼくら邪魔なん?」「うちらが邪魔なん?」子供たちは、甲高い声で口々に言いながら、跳ぶように立ち上がり、私のまわりに集まった。半ズボン、ジャンパースカート、何人かはサンダルというかつっかけをはいていて足の爪《つめ》が真っ黒に汚れていた。「すいません」私は子供らと男性を等分に見ながらATMの前に立った。子供らは興味深そうに私を覗きこんだ。カードを差し、暗証番号を入れようとするところで、私は嬉《うれ》しそうに手元を覗いている子供らを見た。目隠し用のガードも、小さな子供たちにとっては何の意味もない。まるで私の子供であるかのように、私の腕のすぐ脇にもぐりこんで液晶画面を見ている。「ちょっと、ごめんね、あまり見ないでおいてくれる?」「なんで?」「なんでエ?」今時ATMくらいわかるだろう、とも思ったがあまりに小さすぎるのかもしれない。それまで漫画にだけ行っていた興味が、全て私の方に来てしまっている。アイスや清涼飲料水の前などにいた子供らも集まっている。私は反対の手で隠すようにして暗証番号を入れ、二万四千円を下ろした。出てきた紙幣を手に取り、いちいちしまうのも馬鹿《ばか》らしいと思ってレジに行くと、一人の小さな子供が甲高い声で「センセイ！」と叫んだ。先生？　開襟シャツの男性がうなずいて私を見、歯を出して笑った。私は思わず会釈《えしゃく》をした。先生？「センセイ！　この人めっちゃお金持っとるよ！　一万円札だよ！」その声に子供らがどっと笑った。「いーちまんえん」「いちまんえん」男性は苦笑しながら「そうねえ、そういうことはシーしてあげなさい」と言った。「シー？」「シー！」「シーッ！」子供らは互いに叫んでぴょんぴょん跳びはね出した。男性は笑った。子供らも笑った。私も一応笑った。店員だけが無表情で私から紙幣を受け取り、一度手元で数えてから私の方に向いてもう一度数えた。おつりでアイスどころか大赤字だ。私の個人的な貯金はそんなに多くない。無職になったのだから貴重なお金だったのに、姑はどういうつもりだろう。よほど慌《あわ》てていたのか。

私は先生と呼ばれていた男性に会釈をしながらコンビニを出た。蟬の声と熱気が私を包んだ。ガラスの向こうで子供たちが私に手を振っているのが見えた。手のひらはどれも青白かった。私は軽く手を振り返して川沿いをまた歩いて帰った。帰り道にも誰も歩いていなかった。時々川や土手の方に目をやったが、あの獣は見えなかった。生き物が動く気配すら全くなかった。川の水も寒天を流して作った偽物《にせもの》のように静止して見えた。私が夫の実家に入ると、庭ではまだ義祖父が水を撒いていた。私は机の上に、『お金が足りなかったので立て替えておきました』というメモと共に払込票の控えを載せておいた。迷ったが、具体的な金額は書かなかった。自分がいくら用意していたかくらい覚えているだろう。

夜、姑が帰宅してから借家にやってきて、お金が足りなかったことを詫《わ》びながら私に四千円くれた。手渡された、わざわざ新札の四千円を見て硬直していると「ごめんね、呆《ぼ》けちゃってて。全然足りなかったね。迷惑かけました。本当にごめん、私、恥ずかしくって。いやあ、でも助かりました。ありがとうね。アイス買えなかったね、ごめんね、これ」と言って小さな、指二本分ほどの太さのアイスバーを二本くれながら、ちょっと肩をすくめてみせた。その動作の意味は私にはよくわからなかった。「一本は宗明にやって。ごめんね、買い置きがこんなのしかなくって、でもこれおいしいんだよ、生協のやつでね、ソーダがね、食べるとちゃんとしゅわしゅわするの。宅配してもらえるし。あさちゃんの分もまとめて頼んだげるから今度カタログ持ってくるね、生協の」私は全然収支が足りないことを言い出せず、お礼を言ってアイスバーを受け取った。もしかして、姑は封筒に入れた額そのものを勘違いしているか、開け放たれている玄関から誰かが侵入してお金を抜いたか……あるいは義祖父か。私はまるでわからないまま、しかし家賃がただなのだし、二万円くらいいいじゃないか、という文言を思いついたので、少しほっとしてアイスバーを冷凍庫にしまった。夫の帰宅は十二時を超えた頃だった。異動後はこれで格別遅くもない。

「今日ね、何だか動物見たんだよ、変な、黒い」食卓についた夫の前に料理を並べながらそう言うと、夫は携帯電話から目を上げて私を見、「うん？」と言った。さっき浴びたシャワーで髪の毛が濡れている。ろくに拭《ふ》きとらなかったのか、もう汗が出ているのか、寝巻代わりの青いTシャツの背中に黒い染《し》みができていた。さすがに、夫が今から帰るとメールを送ってきたら冷房を入れるので、室温は私には肌寒いくらいだったが夫は暑そうにしていた。箸を渡すと夫は、携帯電話を傍らに置き、米飯を口に入れ味噌汁《みそしる》を啜《すす》りほとんど嚙《か》まずに飲みこんだ。味噌汁は夫がシャワーを浴びている間に仕上げたものだった。「毛が黒い、このっくらいの動物でね」私が手で示すと、夫は「野良犬《のらいぬ》？」と言って麦茶を飲み干した。「犬じゃないと思う」「ふーん。この辺、たぬきとか、昔出たって聞いたことあるけど」「たぬきでもないと思う」「なんで？」「たぬきぐらいわかるよ」私は夫のコップに麦茶を注ぎ足した。夫はひき肉が入った卵二つ分のオムレツを大きく箸で包むように持ちあげて一度米飯の上に置いてから口に入れ、またそのまま飲んだ。オムレツのケチャップが夫の米飯の上にべっとりついていた。「それでね、それを追いかけてたら穴に落ちたの」「穴？」きゅうりの浅漬けをケチャップ米飯ごと口に入れ、夫はやっと数回はっきりと噛んだ。カリカリと音がした。私は先に夕食を済ませていた。自分用にはオムレツを作るのが面倒だったので米飯の上に直《じか》に炒《いた》めたひき肉を載せ、その上に目玉一つの目玉焼きを載せ、そぼろ丼《どん》のようにして食べた。引っ越し前までは夫はここまで遅くなかったし、私も残業だったので、夕食は毎日そんなような丼《どんぶり》ものや炒めご飯、作り置きできるカレー類を二人一緒に食べていた。残業後スーパーに寄るのも億劫《おっくう》だったので惣菜《そうざい》はめったに買わなかったが、冷凍のチャーハンや高菜ご飯は冷凍庫に常備してあり、それらと白米を一緒に食べるようなこともあった。今ではもちろんそんなものは買わない。私は一から献立を作る。栄養バランスも経済的なやりくりも今の方がずっとちゃんとしている、でも、夫が帰るのを待っていては私はお腹《なか》がすき過ぎて倒れてしまう。どうしても一緒に食べたいわけではないが、二人分を時間差で作ると必ずどちらかの方が不本意になってしまう。味噌汁は煮えばなの方がおいしいし、炒め物は温め直すと別物になるし、浅漬けは水が出過ぎる。「穴って、どんな？」「私の胸くらいの高さの」「深いな」といって毎日茹《ゆ》で豚や茹で鶏《どり》や肉じゃがを作るわけにもいかない。

夫は何の意地なのか、私への気づかいなのか、単に職場近くにろくな店がないのか、どんなに遅くても夕食は家で食べる。ありがたいような迷惑なような気もするが、しかし、今日の夕食は要らない、と言われれば、それはそれで、私は何だか罪悪感と物足りなさを覚えるだろう。ご飯食べずにこんな時間まで残業してお腹空《す》かない？　と聞くとちょっとお菓子もらったりする、と答える。誰に、と聞くと誰にというわけではなく、こっちの営業所ではもらいものや総務がまとめ買いしたお菓子が自由に取って食べてよいところに置いてあるのだというようなことを言う。私は、取引先の手土産のまんじゅうや、大袋入りのチョコレートなどをつまみながら残業する夫を想像し、申し訳ない気分になった。「いや、柿《かき》ピーとか、イカとか」「イカ？」「甘辛いアタリメみたいなのが串《くし》に刺さってるやつが、いつも給湯室に置いてあんの。何だろうな、花見か何かの残りかな」職場は職場ごとにまるでルールが異なる。私が勤めていた場所では決して誰もアタリメを食べてはいなかった。多分アタリメを食べていたら陰口を叩《たた》かれたかもしれない。柿ピーだって、あんなに音がするものを残業中に食べたら糾弾ものだろう。夫がどんな環境でどんな業務をしているのか、夫の会社がどのようなものを商っているのか、私は知っているようで実はわからない。夫も多分私のそれを知らなかったと思う。もちろん聞いたことがないわけでも興味がないわけでもない、他人からご主人は何のお仕事を、と聞かれれば答える答えは持っている。ただ、それが具体的にどういうものでどのように利益を得ていてそれに夫がどのように関わっているのかということが、実感として今一つ腑《ふ》に落ちていない。

夫はニュースを見ながら物凄《ものすご》い速さで食事を済ませると「危ないかもしれないしそんな動物とか、放っておいた方がいいよ。穴も」と言った。「でも、見たことない動物だったんだよ」「犬って割合いろんな色とか形のがいるじゃない。あさひが知らない犬種だったんじゃないの？　いたちとかかもしれないし、それにたぬきって漫画で見るみたいなあんなんじゃないよ。俺だって実際生で見たことないし」あれは絶対に犬じゃないしたぬきでもいたちでもない、と思ったが、そう思っている自分のその確信に、夫が首肯するような何の根拠も挙げることができそうになく、私は黙ってうなずいたが夫は携帯を見ていた。指が激しく動き始めていた。赤い虫に刺された指先は硬く小さな膨らみとなり、わずかに熱を持っていた。寝る前に絆《ばん》創膏《そうこう》を巻いた。

引っ越しの日以来ほとんど二カ月近くぶりに雨が降った。その間ちょっとした通り雨や霧雨のようなものはあったのだが、朝から晩まで降るきちんとした雨は本当に久しぶりだった。あれから毎日かなり暑い日が続いていたのに、今まで水不足にもならなかったのは、引っ越しの日の降水量が尋常でなかったということか、単に川や貯水池が豊かなのか。私は雨が吹きこまない形状の窓だけを開け、残りは閉めてカーテンも引いた。二階にある西を向いた窓から、義祖父が見えた。義祖父は庭に立っていた。合羽《かっぱ》を着ている。私はしばらく義祖父を見下ろしていた。そしてがく然とした。義祖父は、ホースを手に、庭に水を撒いていた。

粒の大きな灰色の雨の中、義祖父は手をあちらこちらに伸ばして、ホースを操っている。黒っぽい視界の中で青いホースがのたくっていた。私は、出て行って義祖父に何か声をかけたいと思ったが、何を言うべきなのか、そもそも義祖父の耳に聞こえるように喋《しゃべ》ることが私にできるのか、全くわからなかった。私はその窓のカーテンも引いて一階に降りた。姑は仕事に出ている。借家にある、土が剝《む》き出しででこぼこになったままの狭い庭にも雨が染みて泥のようになっている。背の低いブロック塀の向こうから義祖父がまだ庭にいるのが見えた。私はその窓のカーテンも引いた。そして求人情報誌を開いた。私が歩いて行けるような範囲の求人は、そもそもほとんど載っていない。薬剤師ならあった。介護士もあった。配送ドライバーもあったが要マニュアル免許だった。事務員はおろか、レジ打ちパートさえなかった。私は唯一《ゆいいつ》義祖父が見えない台所の小さな窓から外を見た。路上に雨が落ち続けていた。誰もそこを通らなかった。車も通らなかった。その小さな窓しか開けていないのに、部屋中に雨の音がした。雨の日は蟬《せみ》も鳴かないのだと思った。もし、地上に出た日からしばらく雨が続いたら蟬はどうするのだろう。一度も鳴くことなく死んだりするのだろうか。玄関のチャイムが鳴った。私はびくりとした。出ると、世羅さんの奥さんが立っていた。雨脚は強まっていた。

「こんにちは。今日はすごい雨ねえ、おしめりもいいけど、こんなに降るのは、いやあね」言いながら奥さんは傘を閉じた。大きな黒い男物のような傘だった。私は玄関の中に招き入れるようにした。奥さんは体半分を中に入れ、「靴が濡れてるけどいい？」と言った。「もちろん。先日はありがとうございました」奥さんは閉じた傘をドアの脇に立てかけ、たたきに入った。濡れていると言った割に、そしてこれだけ激しい雨の中来たにしては靴はほとんど濡れていなかった。肩から布の鞄《かばん》を提げているがそれも乾いていた。「ううんいいのよ。別に何もしてないし。ねえムネちゃんお元気？　毎日車が戻ってくるの遅いみたいね。ご主人みたい」ご主人？と思ったが、すぐにそれが舅《しゅうと》のことだとわかった。この人からすると、姑が松浦さんで、舅はご主人で、夫はムネちゃん、そして私はお嫁さんなのだ。

「そうですね」玄関に入れたものの、このまま中に上げるべきなのかよくわからなかった。家に上がってもらって、お茶を出す？　どうするのが普通だろうか。別に部屋がそう汚いわけでもない。上げる分には構わないのだが、お茶は麦茶でいいのだろうか、何かお菓子でも出すべきなのだろうか。奥さんはたたきに立ち、それ以上中に入りたい風でもなく話し続けた。「十二時超えてる日も多いよねえ。お勤め遠いの？」「車で三十分くらいなんですけど、転勤したばかりで忙しいみたいです」

私の言葉に奥さんはわあ、と声に出さずに言い口元を押さえた。「そうなんだあ。ねえ、ムネちゃんが立派なサラリーマンになってるんだから、時の経《た》つのは恐ろしいものよねえ。あっという間に十年二十年って経つのよ」着ている服は前に穴から助けてもらった時のものと同じように思えた。白い半袖《はんそで》ブラウスにロングスカート、さすがにサングラスはしていない。初めて素で見る目元は、ややくぼんで疲れが見えるものの細かい睫毛《まつげ》がびっしりと生えていて、幼い頃はきっと美少女だったのではないだろうかと思った。「お嫁さんは、お仕事されてないの？　おうちで何をしているの？」私は自分の足をちらっと見下ろした。あまりの暇さに、昨日足の爪を塗った。足にはもっと濃い、赤とか青とかのはっきりした色を塗るべきだったらしく、私が持っている数少ないマニキュアの、ベージュというか薄ピンクというか、そういう色はほとんど何も塗っていないのと変わらなく見えた。私は自分が裸足《はだし》であることを少し恥じたが、真夏に家にいて、靴下をはいている方が猟奇的な気もした。「今は、仕事はしてないです。探してるんですけど、なかなか……私、車もないので移動手段がちょっとなくって」奥さんはうなずいた。今日も甘い匂いがした。「そうよねえ。みんな車だもんねえ。私もね、免許持ってないから肩身が狭かったの。自転車もあまり上手じゃなくって、どこに行くにも主人に頼るか、歩くか、バスも少ないしね。私ね、市内の出身なの。嫁いできたのはもう二十年か、もっとか前だったけど、その時はこの辺もっとずっと田舎でね。ああ失敗したなあ、とんだところに嫁いできちゃったと思ったのよ。タクシー拾おうと思ってもまず走ってないでしょ。タクシー会社に電話しても、配車するのに三十分かかりますって、どういうことよと思って。今はさすがにそこまでじゃないけど、でも田舎よね。まして職場ってなったらね」「そうですね。いいところが見つかれば、もちろんバスでも電車でも何でも乗るつもりなんですけど……そうなると逆に決め手に欠けるというか」「じゃあお嫁さん暇ね。暇なのは、しんどいわね。人生の夏休みね」私はうなずいた。そして、覚えず涙が出そうになったので驚いた。

　することがないのが嫌なのではない。本気で探せば、例えば一時間に一本以下のバスを使うであるとか、バスで駅まで出て駅から電車に乗ることも厭《いと》わないであるとか、片道一時間以上を自転車で通ったっていいであるとか、貯金で思い切って原付でも買って行動範囲を広げるであるとか、つまり必死で探せば、職は絶対に何かあるはずなのだ。別に高給な正社員になりたいわけでもない。ただ、私はそこまでして、働きたい、働かねばと思ってはいない、その思ってはいないということが一番こたえていた。別に私が働かなくても暮らしていける。夫の基本給はわずかだが上がり、更に交通手当やら毎日午前様の残業代までつく。スーパーは今まで行っていたところより安い上に、インスタントや冷凍食品を買う必要がない。今まで、週に一度の特売を狙《ねら》って買いに行っていた底値の牛乳が、毎日その底値より五円も安く手に入る。質だって悪くない。野菜に至っては一割二割も安い。そして家賃はかからない。私が、今までしていた、非正規とはいえフルタイムの仕事は、実は、家賃がただになり、その他の諸経費が安くなれば別に絶対必要ではないものだったのだ。そのことに、私は徒労を感じていた。正社員に比べれば大したことがないであろうがそれなりにのしかかっていた業務や、責任や、愚痴や苦痛は、全《すべ》てアパートの中空の2DK分の価値しかなかったのだ。それが姑らの好意でただになれば、別に私の労働はなくてもやっていけるのだ。人生の夏休み、もしかしたらそれは終わりが来ないかもしれないのだ。どうして夫は毎日深夜まで働いて、私だけが楽しい夏休みを享受《きょうじゅ》していていいのだろう。私は働かねばならない。そうでなくても、何かをせねばならない、体は日に日に重くなっていた。体重はむしろ軽くなっていた。

にもかかわらず、筋肉や節々や、体の細胞一つ一つがもったりと粘り、私が何かしようとするのを億劫がらせていた。いや、そんなまるで私のせいじゃない体のせいだというような言い訳はよすがいい。私は怠惰になっていて、それは丸ごと私自身から発生したものだ。今に夫か姑か義祖父か誰かに、このなまけものと断罪されるだろう。されて当然だ、しかし、誰かが私に本当にそんな風に言ってくれるのだろうか。

奥さんは黙っている私に頓着せず、軽やかに続けた。「遊びに行くとこもないもんね。私でよかったらいつでもお喋りしに来てって言いたいけど、うちは息子も小さいし私もこんなだし……あまり気を詰めないようにね。松浦さんみたいにお仕事されてたら違うんでしょうけど……子供ができたら主婦も大忙しだけど、そうでなかったら暇よね。お子さん作られないの」私は息を吐いて、声に出して答えようとしてうまく声が出そうもないと気づいてただ苦笑して軽く首を傾げた。子供。子供ができればそれは変わるだろうが、しかし、そんな、変わるということを願って得るべきものでもないだろうし、それに、蟬の声と義祖父の水撒《みずま》きの音に囲まれて、珍妙な舌出し犬スリッパの姑と携帯電話を握った夫とに挟まれて、赤ん坊に乳を与えている自分を想像するだけで私は滅入《めい》った。それが絶対に嫌だとは思えない。それは幸せなのかもしれない。働かないならせめてそれを願うべきなのかもしれない。奥さんは、しばらく私の顔を見ていたが、「そう」と言って微笑んだ。「私はね、高齢出産だったの。それで、緊急入院になっちゃって、長いことかかって、息子は無事だったんだけど随分長いこと保育器に入ってた……私は見てることしかできなくって、悔しくてね。主人にも苦労かけたし、主人のお母さんにもね。もちろん息子本人にも大変な思いをさせちゃって……今やっとこさ五歳なの。時々うるさいでしょう。ちょっとよそのお子さんより幼いっていうか、こらえがきかないみたいなの。でもしょうがないわね、生まれつきと、育ちが半分半分……お嫁さんはまだ若いけど、若いから、いろいろ楽しみね。松浦さんとこも、タカちゃんのこととかいろいろあったし大変だったと思うけど、松浦さんとっても頑張ってこられて」「タカちゃん？」私が聞き返すと奥さんは口の中で小さくあらと言った。そしてしばらく変な顔で黙ってから「タカちゃん、じゃないね、何、今、私、タカちゃんって言った？　嫌だ、ごめんなさい。別の話と一緒になっちゃった。いけないね、ぼんやりしちゃってね。思ってるのと口から出てくるのとが違っちゃうのよ。お嫁さんはまだ若いからこういうことないと思うけど……」「いえあります。わかります」私はうなずいた。ぼんやりしているというのなら私の方がずっとぼんやりしている自信がある。何せ覚醒《かくせい》していたら毎日やりきれないのだ。奥さんは軽く唇に手を触れた。この前よりも艶《つや》があって赤味がさしていた。「ね、とにかくムネちゃんが、あのちっちゃかったムネちゃんがね。こんなに立派になってお嫁さん連れて帰ってこられて……松浦さんは多分とっても嬉しいと思うのよ。しんどいこともあるだろうけど、お嫁さんもだからこれから頑張ってね。……ああ、ごめんなさい、勝手にぺらぺらぺらぺら。今日来たのはね、これ差し上げようと思って、うちじゃもう誰も食べないの。お好き？」

布鞄から出てきたのは小さなビニール袋で、中には先端が割れた紡錘形《ぼうすいけい》の、緑色のものがたくさん入っていた。「何ですか？」「みょうが。あらみょうがが知らない？」奥さんは面白そうな顔をした。「いえ、みょうがは知ってます」自分で買って食べたことはないが、見たこともあるしどこかで食べたこともある。ただビニール袋に詰まっているそれは、私が知っている、スーパーに並んでいる薄赤いものとは違いほとんど真緑色で、先端がグローブ状に広がっていて形に締まりがなく大きかった。「あの、冷ややっことかに載せてあるやつですよね」「そうそう。刻んでね。おそうめんに入れたりお豆腐に載せたり……甘酢につけたり。これね、うち、植えてもないのに庭に毎年生えるの、たくさん。私は好きだったんだけど、他が誰も食べないからもったいなくって……酢味噌にね、お砂糖入れてちょっと甘くしたのに和《あ》えるのが、私は好きよ。でもこんなに要らないかしら」「いただきます。酢味噌、やってみます」私はそれを受け取った。ビニール越しにひんやりとした冷気が感じられた。一つ摘《つま》むと、想像より硬く、わずかに産毛《うぶげ》が生えた、葉でも茎でも実でもない独特の感触があった。「これは、植物の、どの部分なんですかね」奥さんは首を傾げた。布鞄の中には同じようなビニール袋が他にもたくさん入っているのが見えた。他にも配って歩くのだろう。とすれば相当な量だ。「地面からこれが、直接ぴょこぴょこ出てるのよ。何だろう、芽かしら？　しばらくするとね、この先っちょから白いつぼみが出て、花が咲くのよ。蘭《らん》みたいできれいな花よ。花も食べられるの」ビニール袋からは土交じりの雨の匂いがした。

奥さんを送りだして、ビニール袋を冷蔵庫にしまった。リビングの窓からそっと覗くと、義祖父はまだ庭にいて、屈みこんで、何か黒いものを触っていた。猫か何かをかわいがっているようだった。それが何であれ、雨の中水を撒くよりはいいと思った。

「何これ」「みょうが」「じゃりじゃりする」夫は口に入れたみょうがの酢味噌和えを吐き出した。ネットで調べたところ、みょうがはつぼみを内包した花穂と呼ばれる部位らしかった。世羅さんの奥さんの言う通りに酢味噌で和えた。私が自分で食べた時はそう悪い味だとは思わなかった。歯当たりと、酢と味噌と混ざった匂いが独特で、おそらく酒の肴《さかな》などにするべき料理だろう。夫は「みょうが？」と言いながら麦茶で口をすすぐようにした。「口に合わないなら食べなくていいよ」「うん、悪いけどこれはちょっと。何、買ってみたの？　安かったの？」「いや、世羅さんにいただいて……」「世羅さん？」夫は変な顔をして私を見た。私は夫のために小鉢に入れておいたみょうがを食べた。じゃりじゃりなんてしない。繊維のけばだった感触はむしろ前歯に心地よかった。酢と味噌の奥からやはり雨の匂いがした。「世羅さんって、えーと、母屋《おもや》の隣の？」「そう」「ふーん。付き合いあるんだ」「いや、そこまでじゃないけど」夫は別のおかずを口に入れながら携帯電話を触った。今嫁にみょうがっていう糞《くそ》まずいもの食べさせられたんだけど云々《うんぬん》。私はため息をついた。「何?」夫が私を見た。私は首を振って「なんでもない」と答えた。

蟬の声がうるさい、と思って目を覚ました。昨夜はまだ雨が降っていたし非常に蒸し暑かったので冷房をかけて寝て、だから窓は閉まっていて、つまり蟬の声なんて聞こえるはずがないのだと思って私は時計を見た。まだ目覚ましが鳴るずっと前だった。隣で寝ている夫は向こうを向いていた。Tシャツがめくれ、ぽつぽつと白いにきびのようなものがある背中が見えていた。私はそっと立ち上がり、窓の外を見た。昨日の雨が嘘《うそ》のようにすっかり晴れていた。そして、義祖父はもう庭に出て水を撒いていた。蟬の音と思ったのはホースから流れる水の音だった。私は何となく膝《ひざ》から崩れそうな気持になった。麦わら帽子に灰色の上下、長袖長ズボンはいつもの格好だ。早朝、日が出る前に水を撒くのは園芸の方法としておそらく正しい。しかし、義祖父は一体、いつから始めていつまで水を撒き続けるつもりなのだろうか? そんなに広大ではない庭のどこにその水は流れて行っているのだろうか。

私は夫を送り出してから夫の実家に行った。義祖父はやはり、私が朝目覚めて見てから既に数時間は経っているのにまだ、当り前のように水を撒いていた。姑ももう出勤していた。「おはようございます。いつまで水撒くんですかあ？」門のところで、大声で言ってみたが、義祖父は無反応で、私が仕方なく数歩庭に入って行くとその振動ででも気づいたというように振り返り、そして、片手を上げて歯を出して笑った。私はもう一度「水撒き大変ですねえ！」と叫んだ。義祖父は少し笑いを引っこめ、またすぐに、先ほどより大きく歯を出した。私は諦《あきら》め、軒先の小さな影の中に入った。八時前にしてもう暑かった。義祖父はまた水を撒き始めた。その唇が、口笛を吹く時の形に尖《とが》っていた。音は出ていなかった。私は立ったままで庭を眺めた。赤と濃紺の朝顔の花は自分の葉にへばりついている。巨大で真っ赤なカンナが咲き、イソジン色のミニヒマワリがあり、生え放題の雑草の穂先があり黄ばんだ鉢植えがあり、カタバミの暗紫色の塊まで跋扈《ばっこ》していてその隙間《すきま》に名前がわからないが明らかに園芸種の薄赤い花が散っている、それが妙に調和が取れているのは今が夏だからだろう。あらゆる緑からほとばしるような精気が漂い、無風の庭に濃く浮かんでいる。一本の丈高い草が大きく揺れる。激しく上下に動く葉先に小さなバッタがとまっているのが見える。

陽の当らない植えこみの真っ黒い影が瞬きをした。黄色く隈取《くまど》りされた目は鮮やかで、それがパチリパチリと開閉する。大きな丸い蛙《かえる》だった。そのすぐ脇《わき》に一本だけ立っているダリヤの細長い茎には黄色いアブラムシがたかり緩慢に上下に動いている。アブラムシには目があった。針で刺したような黒い点で、それがいやにくっきり見える。私の目がおかしくなったかのように拡大されて見える。花の盛りは過ぎている。花弁は変色し、まくれあがっている。もしかして蛙はあのアブラムシを狙っているのかもしれない。私は蛙がピンクの長い舌を突き伸ばしてアブラムシを捕らえるのを待った。そのダリヤが根元から倒れた。鋭く一直線になった水勢が、細いダリヤの茎をなぎ倒した。義祖父はスースーと唇から息を吹きだしながら辺りを水浸しにし、倒れたダリヤをそのままにして隣の、蛙のいた植えこみに水をかけ始めた。蛙はもう消えていた。蟬が一匹不器用に下半身を振りながら庭を横切って飛んで行きしな、透明な尿を垂らしていった。チーチチ、と小さな音がした。私がまだここにいることに今気づいた、というような顔をして義祖父が私を見、またにっかり歯を出した。「お義祖父ちゃん、水が……」義祖父はうなずいて、片手を直角に上げげた。体が傾いでいるのでその腕も傾いでいた。そして更に歯を出した。もうこれ以上口を笑った形にすることはできないのに、更に笑おうとする。義祖父には私の声は聞こえないのだ。大きな麦わら帽の中で歯だけが光って見える。目も鼻も頬も影になっていてよく見えない。その口元だけが私に向かって笑み開かれている。もはや笑顔にさえ見えないが、それが笑みだと信じなければしょうがない。地面はもうどろどろだった。私が立ちつくしていると、門からあの黒い獣がとことと歩いて入ってきた。顔は妙に細長く、尖っており、目は黄色かった。それが私をぎろりと見た。義祖父が撒いている水がその鼻面《はなづら》にかかった。獣はちょっと躍りあがるような格好をして、歩を速めた。私は義祖父を見た。義祖父はまるでそれが何でもないかのように、ほとんど見もせずに、水を撒き続け口笛の息を吐いていた。顔をホースの水で濡《ぬ》らしたその獣は、数歩進んでから体を軽く震わせた。飛び散るほど水はついていなかった。この前見た時よりも毛が柔らかそうに見えた。尾も短く見えた。もしかして別の獣だろうか？　獣は確信ある足取りで庭を横切り、母屋の裏へと入って行った。あらぬ方向を向いた義祖父が尖らせた口吻《こうふん》からシュウウッと息を吹きだして水勢を強くし、青いホースがぶるっと震え庭の空間を分断するように水が走った。私は獣を追いかけた。

母屋と隣家の境にはブロック塀があった。うちとの間にあるのと同じだが、それより背が高かった。二メートル近くあるように見える。そのブロック塀と母屋との間に人一人がやっとどうにか通れるような隙間があった。陽が入らないらしいそこは暗かった。私が初めて見るその隙間の向こうに、動物の後ろ脚と尾がちらりと見え、角を曲がったように消えた。私はそこに入った。建物の外壁とブロック塀の間にいくつも蜘蛛《くも》の巣が張っていた。蜘蛛の巣が顔に当たり口に入った。手でねばつく顔を擦《こす》りながら進んだ。母屋の裏側の壁にはいくつも土の塊のようなものがくっついていた。泥をなすりつけたようで、その泥がしずく形に垂れさがって乾いている。ただの汚れにも、虫の巣か何かにも見えた。ブロック塀には所々透かし模様のような扇形のくりぬきがあった。そこから隣家の、つまり世羅さんの家の庭が見えた。青々と芝生で、その上に黄色や赤い鮮やかなものが見えた。五歳になったという、お子さんの何かだろう。世羅さんの奥さんが白いスカートをはいて芝生に水撒きをしているところを想像した。義祖父のそれとは雲泥《うんでい》の違いだろう。それはさわやかだし、幸せそうだし、その足元には子供が遊んでいるのだろう。義祖父の長靴は泥まみれだ。母屋の建物が終わり、空間が少し現れた。獣の姿はなかった。代わりにそこには中年の男の人がいた。蟬の声がぱたりと消えた。

男の人は屈《かが》みこんで、ブロック塀の透かし模様に手を突っこんでいた。私は硬直した。その男の人は私を見た。髪の毛が黒くて細身で、白い開襟シャツを着ていた。シャツにも顔にも見覚えがあった。いつかコンビニで見た、先生と呼ばれていた人だった。「こんにちはっ！」男の人は叫んだ。私は息を飲んだ。男の人の背後には、小さなプレハブ小屋のようなものが建っていた。男の人はにこにこ笑いながら、また大音声《だいおんじょう》で「どちらさまですかっ」と言った。

この人が侵入者だったとして、私が大声を出して助けを求めるとして、ここからなら義祖父よりも世羅さんの家の方が近いかもしれない、何より義祖父は耳が悪いのだし、しかし世羅さんの奥さんは在宅だろうか等と思いながら「この家の、隣に住んでいる、この家の……」「ああ、お嫁さんだ、隣って反対隣でしょ、少し前越してきたんでしょう」男の人の言いぶりは気さくだった。悪意や害意は感じられなかった。丸腰にも見えた、が、そんなことはわからない。「僕はね、この家の長男で、宗明の兄ですよ。宗明とは歳《とし》がかなり離れているんだ僕ぁ」「は？」私は口を開けた。男の人は早口で続けた。「だから何だっけ、日本語でそういうの、義父とか義母とか言うじゃない。義理の兄だから……ギ、何」兄？「ギケイ、ですか」

答えながら私は気づかれない程度に後ろに下がった。夫の、兄？「そう義兄。父兄のケイね、ギケイ、あなたの義兄ですよ、お嫁さん。どうもこんちわ」ふっと、草のすり潰《つぶ》れるような青い、胸のすくような匂いがした。男の人は私を見上げ、歯を出して笑っている。しかし夫は一人っ子で長男のはずだ。兄？「その顔は知らなかったんでしょう。それも道理だ。これは一種の悲劇なんです。僕ぁね、このね、掘立小屋、物置ね」と言いながらプレハブを指さした。小さいが二階建てで、物置というより、被災地などに建設される簡易な住宅に似ていた。外壁はクリーム色に塗ってあり、ここにも乾いた土の塊がいくつもくっついていた。上部にぽかりと穴のあいている土くれもあった。ドアは茶色いサッシ式の引き戸だった。小さな鍵穴《かぎあな》も見えた。「これはこの家の物置なんだけれども、ここで一人暮らしをしているんです。もう二十年近く」「二十年？」私がぎょっとして聞き返すと、「そう、二十年！　長いでしょ、二十年前にはまだお嫁さんはアンヨのミヨチャンだったんじゃあないの？　そうでしょう、ね。二十年前に、僕ぁもうすっかり育った青年だったけれど断固通学をやめて、物置の、掘立小屋にベッドを運びこんでそこで暮らし始めた。……親は一時的な反抗だと思ったろうけどところがどっこい。こちとらほんの、こんな、ガキの頃から考えてたんです。いつかこんな奴《やつ》らのところ出てってやろう……ただ機会がなかった。何さま場所が要る。ちょうどその頃裏に物置が建ってね。それが立派な二階建てのね、そう、うちは少し前まで野良もしてたから、その農具だのしまうために、二階建てにしたんだね、それに僕が目をつけて、ある日二階をのっとった！　夜陰に乗じて。すこぶるつきの手管でしたよ。以来ずっとこうなんですよ、一度たりとも働かずにね。このゴクツブシめ！」興奮した口ぶりでここまで一息に言うと、急に眉《まゆ》を寄せて小声になった。「今風に言うとヒキコモリとかニートとかそういう類ですよ」

髪が黒く、夫よりずっと年上、には見えなかったが一体何歳くらいなのかよくわからなかった。唇が薄くて赤味が強い。白い開襟シャツの下からランニングシャツが透けている。どちらも清潔そうに見えた。下半身は紺色か黒のズボンで、私はそれが中学か高校かの男子の夏制服に似ていると思った。むしろそのものかもしれない。靴は黒い革靴で、よくよく考えると妙ないでたちだった。靴はきれいに磨かれて光っている。依然、手はブロック塀に突っこまれている。向こう側では何の気配もしない。ここは涼しい、と突然思った。表とは違い、ここが建物の日陰になっているせいか、空気がとても冷たい。コケがブロック塀の下部から地面を一部覆《おお》っており、コケのない部分の土は黒く、ぬかるんではいないもののかすかに湿って見えた。細い通路は乾いていたのだが、どこかに分岐点があったらしい。義祖父の水撒きの後とはまるで違う、調和した、土の内部から染み出たような湿り方だった。冷気と湿気が足元からそくそくと立ち昇っている。さっきも感じた青い香りがする。青い畳のような、少し線香のような感じも混じっている。地面には白い花をつけた暗紫色の草がこんもりと生えていた。「これはドクダミです。バアさんがよくこれでお茶を作ってたっけ。その匂いをおふくろが嫌がってね……僕ぁオバアちゃん子だったもんだから好きだったけど、おふくろは絶対に飲まなかったし僕が飲むのも嫌がったね。それでこんなに生え放題だ。お嫁さん、よければ摘んでお茶をこしらえてくださいい。多分干せばいいんじゃないかな」「はあ」頭にいろいろなことが去来した。仏間の義祖母の写真がよぎった。姑《しゅうとめ》の顔や夫の顔も浮かび、なぜか世羅さんの奥さんの顔なども思い出された。最後に義祖父が出てきてにやにや笑った。夫に兄？　義兄？　どうして誰もかれも私のことを知っているのに私は向こうのことを何も知らないのだろう。

「ところでね、お嫁さん。僕に会ったことは言わない方がいいですよ。おふくろや、もちろん宗明にもね。良くは思わないだろう……いやね、僕が嫌がられるのはいいんだけれど、お嫁さんが悪く思われるのは気の毒なんだよ。口止めするわけじゃあ、ないけれど」私はもう一度、はっきりと姑の顔を思い浮かべた。夫の顔が、そこから分離するように浮かんできた。嘘をつかれる道理もないが、何もかも本当のことを私が知っていると思いこむ理由もない気がした。この土地へは自分の意思で来た、連れてこられたわけでもない、不幸でも、不満でもないが、だから何もかもをわかっているとはとても言えない。どうしてここでは蟬の声が聞こえないのだろう。

「本当に、宗明さんのお兄さんなんですか」自分の声ではないような気がした。「うんそうだよ。疑うよねえ、でもそれは形式的なものでしょう？　本式に疑ってるなら逃げるなり通報するなりするべきだ、もし僕が侵入者だと思うならね。こういうことはある程度感覚的なものだから……僕ぁ宗明とは似てませんよ、おふくろとも、あまり会った事がないだろうけど親父《おやじ》ともあまりね。相変わらず忙しいんでしょう。親父の車をとんと見かけないけどまだ死んでないですよね？　買い替えたばっかりでしょ、シルバーのマツダ車。昔っから車はマツダと決めてるんだあの人は。僕が乗ったことがあるのはファミリアまでだけど。朝早く出て夜遅くってさ……あれは病気です。働くか、ゴルフだか釣りだかで出歩いてないとどうにも落ち着かないんだろうなあ。僕らが子供の頃は休みのたんびにバーベキューだキャンプだと連れ回されてね……だから性格的にも親父とは正反対だ。でもどうです、僕ぁジイさんとは面差しが似ていませんか？　赤ん坊の頃からよく言われてたんだ、それについては再々度々主にバアさんから。僕はあと十年もしたら禿《は》げるよ、そうなれば血縁である証明は完璧《かんぺき》だ」何かしら不気味な感じはしたが、悪い人ではないように思われたし、言われてみれば、口元などは義祖父そっくりだった。長くて根元から先へいくにつれて徐々に太くなっているその歯が特に似ていた。額もやや広く、大きな麦わら帽の中できれいに禿げあがっている義祖父の頭部と何かしらの共通するものが感じられた。

義兄だという男の人は下唇を舐《な》め上唇を舐めてから片手をブロック塀から引っこ抜いた。「アッ」小さな声がし、一瞬、穴から赤い小さな手が見えた。私がぎょっとすると、男の人は立ち上がって私を見「ただの遊びですよ、お隣のおチビさんとね……いや違うな、チビなんて言うと後で激昂《げっこう》される、あれでプライドが高いんだ。

お隣の僕のご友人とね。でももう潮時です。何せ熱いもの。見てこの手を……」男の人は両手を私の目の前に出した。ブロック塀に突っこまれていた方の手が真っ赤になっていた。反対の手は、異様なほど青白い。きっと体温が低い体質の男性なのだろう。夫も暑がりのくせに体温は低い。朝など死んでいるのではないかと思う。そういう体質が兄弟で共通しているのかもしれない。私はブロック塀の隙間から向こうを見ようとしたが、子供は去ってしまったのか死角にうずくまっているのか誰も何も見えなかった。熱い、何かの気配のようなものだけが感じられた。男の人は肩をすくめた。「彼はね、一人ぼっちで寂しいんだ。オバアちゃんはもう歳だし、お父さんはお仕事で忙しいし、幼稚園には合わなかったから出させられたし。かわいそうに。いっそ僕が預かりたいくらいだよ」世羅家はしんとしていた。ならば奥さんは出かけているのかもしれない。芝生の上に落ちていた鮮やかなものは黄色い子供用の長靴が逆さになっているのだった。男の人は手をくるりと返し、両手の爪を検分しそれを自分の脇腹辺りのシャツで擦ってから「じゃあさて」と言った。「次はお嫁さんの話を聞きましょう。あなたは誰で、どうしてここへ？」「え？あの、何か今、黒い動物が見えて……」「ああこれ」男の人は地面を指さした。そこには丸い穴が開いており、上に格子《こうし》状の金属の蓋《ふた》がはまっていた。「その中にいます」「え？　中に？」私が首をつきだすと、真っ暗な中に白い細長いものがうっすらと見えた。「何か、白い……」「それが、牙《きば》。くるっとしててかわいいけど、硬いし鋭いからある種凶器でもあるね、牙」「牙？」あの獣に、牙なんてあったか、と思ったがわからなかった。何もわからなかった。「これは、何の動物ですか」「知らないね」男の人は肩をすくめた。大きめに見えるシャツの中で骨ばった両肩の形が浮き上がった。「何だって僕が何でもかんでも知ってなきゃいけないの。こいつの習性だの、どういう性格かだのは答えられますよ、あくまでも観察の結果ですけどね」「観察？」男の人はニタリと笑った。「この穴はうちの古い井戸でね、この家は割合水っぽいところに建っているんだ。もうこの井戸は、底がコンクリでナニしてあるから水は出ないけど。……その穴が、こいつが掘る巣穴と似てるんでしょうね、それで、いつの間にか入りこんでこうやって寝てたりするんだ。毎日じゃないけど、何日かのうち何日かはね。それで、寝ているところを見ると僕はこの蓋を」と言って男の人は格子状の金属をかかとでとんとんと踏んだ。その上をちょろちょろ渡っていた小さなムカデが格子の内側にくるりと入りこんだ。「閉めてやるの。

一応ね、器用に穴に指を入れて持ちあげないと開かない構造のはずなんだけど、でもね、こいつ頭いいから、牙で押したりして結局開けちゃうんですよ。それで出て行ってしまう……だからまあ何のために蓋をするんだと言われれば困るんだけれど、もしか、居着いてくれたら嬉《うれ》しいじゃない？　これは穴を掘る動物で、自分でも穴を掘るんだけど既にある穴に横着して住むこともあるんだね」私はじっと見ていたが、穴の中の白いものは動かなかった。それが獣の一部で、牙で、そしてその獣はついさっきまで目の前をトコトコ歩いていたとは思えなかった。それはずっと前からそこに落ち着いているもののように見えた。明るい太陽の光が一切中に落ちていない。私は動物の目を探したが見えなかった。次第に牙も暗さに溶けて見えづらくなった。暗さに目が慣れる程何も見えなくなった。「ネットで調べたりしたことありますか」「はん、ネット？」「黒い動物、とか、牙、とか、そういうキーワードで」男の人は「それで？」と言って首を傾《かし》げた。「僕ぁネットを使ったことはありませんがね。パソコンも何も持ってないし、そもそもテレビもないんだから。でもネットがどういうものかは把握してるつもりですよ。漫画に出てくるもの。お嫁さんはそういう機器を持ってるの？」私はうなずいた。「フーン、じゃあそれでお調べになる、それで何がわかるんですか？」「名前とか、習性とか……」言いながら、私はあやふやな気持ちになった。検索すれば、おそらく膨大な情報が出てくるだろう。しかし、出てくるであろうその情報のどれも、この動物のことを示しはしないような気がした。仮に示されていたとして、それが正解だと私には知り得ない気もした。それにこの動物が何で、何を食べていて、どういう習性を持っていて寿命がどれくらいでどういう進化をしてきたのかわかったところで私はどうすると言うのだろう。私が知りたいのは多分そういうことではない。穴の中から、動物のものではない、何かすっとする青い匂《にお》いがした。水の匂いだと思った。この裏庭に漂っているのは水の匂いなのかもしれない。地下水の、コケや藻類や木の根や何かが混じって溜《た》まった古い水の匂いだ。

私はこわごわその格子の上に足を載せた。口径は私の体より一回りくらい大きい。見た目は川原で私が落ちた穴とそっくりだった。だとしたらあれこそ、この動物が掘った穴だったのかもしれない。きっとそうだろう。私がそのことを尋ねようとしていると、男の人は勢いこんで「ああ、そうだ、こないだコンビニへ来たでしょう。子供が多くて困っていたね。僕ぁ思わず助け船を出したんですよ、見かねて」と言って歯を出して笑った。どことなく感謝を催促するような表情に見えた。「あの時はありがとうございました」私は頭を下げた。男の人は「いやいや」と更に歯を出した。「あれがムネのお嫁さんとはね。お嫁さんは子供があまり好きじゃないのかな。それで動物に拘泥するんじゃないですか。それとも怖い？　逆かな？　大好き？　子供なんてね、気にしない人は、いようがいまいが気にならないんですよ。道路工事のお兄ちゃんなんかあそこにお昼買いに来るけどね、ほとんど無視して適当にまたいだり踏んづけたり手でどかしたりして用を足します。お嫁さんみたいにまごまごしてると子供の方が面白がって寄ってきちゃうんですよ、悪気はないんだ。皆暇でね、いいやつばかり。川で遊ぶんだ。コンビニに行くのに川の横を通ったでしょう？　とんだど田舎だよね、このご時世に、もよりのコンビニまで行くのに川沿いをちんたら歩かなくちゃいけない、でもまあこれでも開けたんだ。あのコンビニができるまではここいらの子供は向こうの農協でアイスや何か買ってたんです。漫画雑誌は本屋まで行かないとないし、その本屋だって遠いし。コンビニは天国だよね。あすこのコンビニと、川とが、僕らの主戦場だね。だから僕は実際引きこもりじゃないわけ。そうやって遊び歩いてるんですよ」

男の人はほとんど息継ぎなく喋った。私はようやっと言葉に切れ目を見つけて「私こないだこんな風な穴に落ちたんです」と言った。男の人はややむっとした顔をした。「はん？　どこで？　どうして？」「川原で、この、黒い動物がいて、追いかけてたら落ちたんです」「へえ。馬鹿《ばか》だね」言葉は吐き捨てられた。私は驚いて男の人の顔を見た。男の人は不快そうに「穴に落ちるなんてとんだ馬鹿です。エエ、落っこちた穴は空っぽでしたか」と言った。「はい」私がうなずくと男の人は更にまくしたてた。「ふうん、ならまだましだけど。僕なら絶対そんなことはしませんね。第一危ないし、第二に馬鹿馬鹿しいし、第三に迷惑だし無意味です。何だい、お嫁さんは不思議の国のアリスなの？　なんだっけ、ウサギちゃんを追いかけてたら穴に落ちて大冒険が始まるんだ。そんなような話ですか？」男の人はまた肩をすくめた。私ははっとした。そのすくめ方は姑にそっくりだった。いよいよこの人は本当に夫の兄で姑の息子なのだと思った。どうして今まで隠されていたのだろう。例えば婚姻届に、夫が長男かどうか書くような欄はなかっただろうか？　住民票を移動した時にそういう書式はなかったのだろうか？　なかったような気もするし、周到に隠されていたのかもしれないとも思った。しかし叔父や従兄弟《いとこ》ではない、兄弟を、しかも結婚相手に隠しておくなどということがあるだろうか。可能だろうか？　そもそも何故《なぜ》か？　引きこもりが外聞悪いと思ったのだろうか。それとも何か別の問題があるのだろうか。私はこのことを夫か姑に問いたださねばならないのだろうかと思ってややうっそりした。別にどうでもいい、とも思ったし絶対によくない、とも思った。あと何十年かして、別に何かを相続したいわけでもないがしかしそういう手続きをせねばならない時に、混乱する可能性があるのではないだろうか。多少お金を損するとか、何かの権利で不利益を被《こうむ》ることは別に何でもないが面倒なのは嫌だと思った。本当に義兄なのか、どうして今まで黙っていたのか、これからもずっと彼が裏庭の掘立小屋で暮らすのと共存していくつもりなのか、老いたらどうするのか……夫に、あるいは姑にそれを尋ねる言葉を考えるだに暗い気持ちになった。ねえねえ、実はお兄さんがいたとかそういう話ってないよね？　あのう、宗明さんって一人っ子でご長男でしたよね？　彼らに尋ねる自分を想像すると阿呆《あほ》らしくもあった。少なくともどうして実家の隣に引っ越す時に言わなかったのだろう、隣どうしに、借家の側からは母屋の陰になってはいるものの住んでいて、いつまでも隠しおおせるものではないではないか。むしろ大冒険だとするならこのことだ。「わかりません」

男の人は鼻を鳴らした。「わからないのか、そいつは傑作。でも僕にはわかりますよ。僕がだって、その兎《うさぎ》そのものですからね」「は？」「要はね、アリスが追っかけた兎はただの兎じゃなくて結局女王の執事みたいな、そういう使用人だったでしょう。ね。しかし、穴に落ちるまでのアリスが見ていたのは実はタダの兎なんだな。ごく普通のね、イギリスのちょっとした田舎にはきっとそういうのがぴょんぴょこいたわけです。ね。それを追いかけている段階でアリスはただの野蛮でおてんばな女の子なわけだが、しかし、穴に落ちてからはそうじゃない。いわば兎は一人格を持った労働者だ。いや中間管理職かな、割合に偉そうな格好をしているじゃない？挿絵でもさ。つまりただのオテンバが妄想になって、それこそが大冒険だ。僕ぁ穴に落ちた後の方の兎ですよ」何を言っているのかまるでわからなかった。男の人は頓着《とんじゃく》せずに続けた。「とはいえ、お嫁さんが見たのは大冒険でも兎でも何でもない。ただのこいつです」男の人は穴を手で示した。いつの間にか幼児と握り合って真っ赤だった手のひらは反対の手と同じくらいに青白くなっていた。「この辺をうろうろしている、名前は知らない。でも昔っからいる、動物、ただの獣です。便宜的に名前をつけましょう。僕一人なら別にこいつでいいけどお嫁さんが出てきて語り合うとなるとこいつじゃ不便だ。どうも語り合いたいらしいあなたは。ネットで名前を調べてまで。調べるまでもない、我々で決めましょう。まあそれ以前に、もっといい話題があるとは思いますけどね、お互いいい大人でね。お隣さんのおチビちゃんじゃあるまいし。……ああ違う！　チビじゃないよ！　お前はもう立派な男だ！　ウウン、しかしまあ、先に進もう。エエ、どういう名前にしますか」「名前……」「お嫁さんが決めてください。何せ同じ穴に落っこちた仲だもの。出られなくなったらどうするんです。この獣と添い遂げますか」私を見つめる白目がやけに白い。「名前ですよ、名前！　じゃあ、お嫁さんは何という名前ですか」私は一瞬ためらってから「あさひと言います」と答えた。「あさひ！　はん、何だか昔の煙草《たばこ》みたいな名前だね。ふーん。じゃこの動物もあさひにしましょう」「え？」「冗談ですよ、冗談。じゃあ名づけは今度の宿題にしましょう。ちゃんと考えてこないと穴に入れて蓋を閉めて上にコンクリブロックでも載せますよ。いや冗談。こんなこと言うと怖いよね。でも僕だって怖くなかぁない。子供たち以外と口を利《き》くのはそもそも久しぶりなんだ」「宗明さんとも、おかあさんとも、全然？」「そうですよ。そうだと言ってるでしょう！　声はよく聞こえますよ、そこに換気扇の出口がある、そこからおふくろの声はよく聞こえます。おふくろがアサチャンとか呼んでいるからアサコさんかアサミさんかと思ってたんですがそうですかあさひですか。返事の声が聞こえないから喋れないのかと思いましたけどそうじゃないんですね、なるほどね。最近おふくろは太ったでしょう。干してある洗濯物を見ましたが綱取りかと思うよね」

そもそもこの人は毎日何を食べているのだろうか。何をして過ごしているのだろうか。服や、磨かれた靴はどうやって手に入れたのか。お金はどうしているのか。聞きたいと思ったが聞けなかった。男の人は二度、三度とパンパン手を鳴らした。「じゃあちょっと行きましょう。川へ。その穴のところに。お近づきの印に僕がご案内しましょう、いいところなんだ、実際この川は。その、お嫁さんが落ちたっていう穴も見たいしね。危ないから埋めたっていいし、子供が落ちたら出られやしないですよ。ああ、待って！　僕ぁその前に顔を洗います」男の人は掘立小屋の脇にあったシンクで手を洗い、顔も擦った。シンクの側《そば》に引っかけてあった手ぬぐいのような薄いタオルで顔を拭《ぬぐ》った。「日に何度も顔を洗う……べとつくからね。この水も井戸水ですよ。今はポンプでこっちへ引いてるんです。冷たくてうまい水なんですが水質検査でクロだったから僕以外は使ってない。別に僕は長生きしたいわけじゃないから。だからお嫁さんはこの水は飲まない方がいいですよ。飲みゃしないか。ははは。わざわざね。コンビニじゃ何だって売っているのに。水道からは無毒の水が出るのに。それじゃあ行きましょう。穴があったのはどの辺りですか？」「コンビニより手前の、川原の……」男の人はすたすたと歩き出した。辺りを憚《はばか》ったり見まわしたりもしない堂々とした歩き方だった。私は慌《あわ》ててついて行った。私の方が周囲をうかがった。世羅さんの家の窓を見上げた。カーテンが全て下りていた。「実際、穴に落ちて出てくるのはなかなか難儀ですよ。深くなかったですか。割と深い穴を掘るんです、深ければ深いほど涼しいし冬は暖かいから……穴を掘るところを一度見せたいな、壮観ですよ、土を吹きあげてね。よかったね、場所によってはそのままお陀仏《だぶつ》ですよ」「どうやって、じゃあ、その動物はその穴から出るんですか」「脚をつっぱらかしてね、背中を壁に押しつけながらぐるぐるまわって上がるんです。実に不気味ですよ。お尻《しり》を上にするんです。お嫁さんもそうしましたか」「いいえ」

母屋の裏の細い道を抜け、庭に出た。庭では義祖父がまだ水を撒いていた。義祖父はこちらに首を向け、途端に口を大きく開けた。私ではなく、むしろ男の人の方を見ていたように見えた。義祖父は何も言わなかった。目元が影になっていて見えない。私へ向ける、やみくもな笑みとは違う表情だった。ホースを握る手がだらりと下がり、水が下方に垂れ落ちた。男の人は義祖父に片手を上げた。義祖父はホースの先をゆらゆらと揺らした。反応している、とすればやはりこの人は身内なのだ。義兄なのだ。義兄は、義祖父に、私といることを口止めしなくてもいいのだろうか。義祖父が姑に言ったらどうするのだろうか。むしろ義祖父への口止めは私がすべきなのだろうか。私の逡巡《しゅんじゅん》には構わず義兄はまた口を開いた。「今年は蟬《せみ》がうるさいですね、どうにも参る」その途端、急にジャアジャアジャアと油蟬が大声で鳴き出した。「何せ僕の小屋は外の音が筒抜けだもんだから大変だ。ほとんど蟬になりかかっていますよ」義兄はそのまま門を出た。義祖父はいまだ立ちつくしていた。うなだれてほとんど一本の影のようになっていた。ホースからは水が垂れ続けていた。「お嫁さんは、蟬がうるさくないですか」「はい。でも、毎年こんな感じなのかとも思ってました」義兄は鼻を鳴らした。「ははぁ、田舎だからこんなもんだろうって？　ハハン、今年は特別な夏なのかもね、蟬にとって」私は帽子か日傘を持ってこなかったことを悔やんだ。路上にも、民家の窓にも、どこにも誰もいなかった。まるで、日のあるうちは出歩かないようにという決まりでもあるかのようだった。あるのかもしれない。私が知らないだけなのかもしれない。それともこの辺りには誰も住んでいないのかもしれない。私と義兄と義祖父と獣と蟬しかいないのかもしれない。「あいつはね。ほとんど人には懐《なつ》かない。ほとんどというか僕の知る限り皆無だね。どういう経緯でここに住んでいるのかもわからないし。一匹オオカミ。もちろんオオカミじゃないけどさ」義兄は喋《しゃべ》り続けていた。蟬の声にまぎれて所々はっきり聞きとれなかったが、大意はわかった。

「どうして、保健所とかは、放っておいてるんでしょう？」「ホケンジョ？」義兄は目を剝《む》いた。「ホケンジョがどうするんです」「いや、だから、駆除とかは……」「実害がないのに駆除も何もない」穴に落ちるのは実害ではないかと思ったが言い出す間もなく義兄は唾《つば》を飛ばした。「だったら僕ぁ野良猫《のらねこ》を片端から駆除して欲しいね。時々庭に糞《ふん》をしていく輩《やから》がいるし何年か前にはうちの車庫のところに仔《こ》を産んで逃げましたよ。あれには閉口した。何せ毎日カラスが狙ってましたからね。僕ぁ一日そこに立ってカラスをシィシィ言って追い払いましたけど、親猫はどこに行ったか一度も顔を見せなかったものね。薄情な、無責任なもんだ。以来僕は庭に猫がいるのを見るそばからシィシィ言って追うんですよ。端から見たら狂人だが、仔を産まれちゃ困るんだもの」「じゃあ皆さん見逃してるんですか」「はん、何を？」「だから、その、黒い動物……」「ほらね、名前がないと不便でしょう。ま、皆さんはそんなものに興味がないんだろう。見えてないのかもしれない。大体いちいちその辺を歩いている動物だの飛んでいる蟬だの落っこちているアイスのかすだの引きこもりの男だのを見ますか。見ないでしょう。基本的にみんな見ないんですよ、見たくないものは見ない。お嫁さんだって見てないものはたくさんある」川が近づくにつれて、義兄はほとんど横っ跳びになるようにして歩を進めた。その歩き方は普通の神経の人ではないようだった。もしかしてそのせいで夫や姑はその存在を私に隠していたのだろうか？「何年も仲間もいないまま穴を掘っているんだ、悲劇的でしょう。何せもう何年も、成長したり痩《や》せたりしたのを見たことがないよ。一匹こっきりで世代交代もないだろうし、寿命がどれだけあるか知らないけど、ずっと一人で太りも痩せもせず穴を掘って穴に入ってまた出て歩きまわってさ。まるで僕みたいじゃないか。僕はそれなりに老《ふ》けてはいるけれど……でも基本的に二十年前に隠遁《いんとん》してから何一つ変わっていない。変わったのは立ち読みする漫画雑誌に出てくるアイドルやコンビニで買うカップ麺《めん》やら惣菜《そうざい》の種類だけですよ。最近だとね、本格四川《しせん》マーボー豆腐ご飯やらゴーヤチャンプル載せ焼きそばだのまであるんですよ。……いつの間にかサラダにつけるドレッシングは別添え有料になったし」「はあ」私は黙った。義兄は汗もかかず、文字通り涼しい顔をしている。頬は青白いままだった。日焼けもしていない。掘立小屋にクーラーはついているのだろうか。なければすぐに蒸されて熱中症にでもなってしまうだろう。それともこういう気候には慣れているのか。義兄は更に変な、一歩の間合いで二歩三歩と足を踏み出してその場で地団太を踏むようにしたりするおかしな歩き方をしていたので隣にいる私はどんな風に歩いたらうまくその数センチ後ろを歩いていられるのかわからなくてどぎまぎした。

川沿いに出るとこの前も見た、繁茂した川土手が現れた。むっと青い匂いがする。草のない石だらけの砂地もあった。昨日の雨のせいかこの前見た時より水量が多いように思えた。それにしては水が濁っていなかった。むしろきれいそうに見えた。

住宅地が近いのだからそう清冽《せいれつ》な流れであるはずがないのだがまるで水源に近い場所のように緑色に澄んで見えた。義兄が指を差した。川の縁にある草むらから、ふいに、今時珍しい黄色い児童帽をかぶった子供が跳び出して水に入り、水を跳ね上げながら泳いで下流に向かい始めた。川を歩いていた水鳥が空に飛び上がり、そのまま空中で体勢を整えて飛び去っていった。私は足を止めた。泳いでいる子供の手足の動きが大仰になった。私が見ていると、子供は少しその場で跳んで勢いをつけて水に頭までもぐった。そんなに深いところがあったとは思わなかった。黄色い児童帽が川面《かわも》に浮かんだようになった。子供はすぐにまた顔を出し、両手で顔を擦った。笑っているのが見え安堵《あんど》した。

六

また歩き出すと、川原に、次々に子供たちが現れた。小さいのも大きいのもいた。川の中や川原や土手で、魚用か虫用の網を振りまわしたり石を投げたり魚を追ったりして歓声を上げていた。キャアア、キャアアと甲高い声がした。海パン姿に水泳帽までかぶった一団もいた。砂地には揃《そろ》えた子供サイズの靴が置いてあった。釣竿《つりざお》を垂れ、腰に魚籠《びく》のようなものをぶら下げた子供もいた。釣竿がしなり子供は青く光る魚を釣り上げた。魚籠の口から魚の頭や尾がのぞいていた。

草むらでは、生い茂った中に、時々黒い物が見え隠れする。子供の頭だった。草の葉で肌を切ったりするようなことはないのだろうか。ダニなどいないのか。子供たちは自分の背よりも高い植物の砦《とりで》で、私の知らないルールのゲームをしているらしかった。時折一人が何事か叫びながら草むらから跳び出し、それを見て他の子供は激しく笑った。跳び出した一人が数を数え始めると残りの子供はまた草むらの中にもぐりこんだ。ままごとを広げているグループがいた。花を摘んで互いの髪の毛に挿し合っている女の子の二人組がいくつもいた。

所々で暴力も見た。和解もあり慰めも聞こえた。怒号と泣き声はすぐに歓声に変わり高らかなじゃんけんの唱和となった。私はほとんど唖然《あぜん》とした。一体どこからこれだけの子供たちが発生したのだろうか？　どうしてこんなに塊になって遊んでいるのか？「だって夏休みだもの」「夏休み？」私はぽかんとしたが、言われてみれば確かにもうとっくに夏休みだった。私は今が何月何日なのかほとんど考えない生活をしていたせいではっきり認識していなかった。気にするのは曜日だけ、ゴミ出しと安売りを把握するためだけだった。「もうじきお盆ですよ。今遊ばないでどうするんです」盆ならば私は里帰りをせねばならない。実家に帰る日づけだけは夫の休みを勘案して決めていたが、それがもう間近に迫っていたのか。手帳は鞄《かばん》に入れっぱなしになっている、そもそも私の鞄は、手帳や『寸志』のぽち袋ごと引っ越しでどこかへしまいこんでしまった。カレンダーさえほとんど見ない。引っ越してから今までの二カ月の日々は、一体どこへどうやって消えてしまったのだろうか。

子供たちが歌っているのが聞こえた。替え唄《うた》らしく歌詞は聞きとれなかったが節は「カッコウ」だった。より年上の子供が幼い子供に指示をしながら石を積み上げて堰《せき》を建設しようとしていた。私は感嘆しながら子供らを眺め歩いた。空は青く、遠くに大きな雲が見え、雑草は緑で川は澄んでいた。大きな鳥が川に跳びこみ、子供たちはワッと歓声を上げた。義兄が得意そうに言った。「いい川でしょう。素晴らしい川ですよ。野生動物の宝庫。子供たちの遊び場……ねえ信じられますか、僕が子供の時分、ここはもっとずっときれいでね、鮎《あゆ》やなんか、いたんだよ。だいぶん汚れちまった、いえね、上に団地やらができて、その生活排水が流れこんでいるから仕方がない。でもそれでも充分、渡り鳥は飛来するしちょっとは魚もいる、とんだ雑魚《ざこ》ばっかりだけどね、親指くらいの。あとは、虫もいろいろいますよ。ケラとかね。トンボだのバッタのできそくないだの。脚が一本ないだの外翅《そとばね》がもげてるだの。子供が遊んじゃ放してまた同じのを捕るからさ。川のことなら何でも聞いてくださいよ。普通は皆卒業するんだ、川原だの野っぱらだのコンビニエンスストアの漫画雑誌だのからね。僕ぁ生涯現役でね」

「センセイ！」甲高い声がした。数名の男児が土手をわっと駆け登ってきた。手にペットボトルを持っている。「センセーイ、センセイ、見て見て」「あの、先生なんですか？」私が言うと、義兄は肩をすくめ「無職だって言ったでしょ」と言い、小声の早口で、一日ふらふらとしていて、子供と遊んだりしている、そういう大人のことを子供は先生と呼ぶしかないのだと言った。「オニイサン、と呼ぶには老けすぎてるし、オジサンっていうのも、何て言うんだろう、そこは気を遣ってくれてるんじゃあないの。子供に気を遣わせるなんてとんだ極道中年だよねえ」「ねえセンセイ！」義兄が言い終わらないうちに子供が義兄に一リットルサイズのペットボトルを突き出した。中は乾いていて長いムカデが何匹か入っていた。黒光りするムカデはペットボトルの内側を登ろうとしては滑り落ち、その様に子供たちは歓声を上げていた。義兄は陽に透かしたりペットボトルを傾けてみたりしてから、私にもそれを手渡してくれた。意外に重かった。ムカデは互いの体を足がかりにしてその壁面を登ろうとしていた。その動きと連動してペットボトルの重さが変わり、私は手にくすぐったさを感じた。子供らが得意気な高い声で「これバアちゃんが油に漬けるんで」「油に漬けるとクサいんで」などと言い言いした。覗《のぞ》くと、ムカデの裏側に所々白い部分があった。私が「気持ち悪いね」と言うと男の子はふんと真顔になり、ペットボトルを私から取り上げ、シャツの中に押しこもうとした。よく焼けたへそが見えた。シャツの中からムカデの脚がプラスチックを擦るぱちぱちという音が聞こえた。義兄は「立派なムカデだ、いや立派だ!」と言って口元を擦った。「おいお前ら、ムカデに嚙《か》まれるなよ」「嚙まれても、ムカデの油をつけたら、平気で」「でも臭いぜありゃあ。しばらく鼻がしびれるぜ、尋常じゃないんだ」

遠くで煙火が鳴った。黒くて薄いトンボが水面を撫《な》でるように飛んだ。子供が網を振りまわしたが、黒いトンボはそれをかわして水面にとまった。私は義兄に尋ねた。「どうして家を出たいと思ったんですか」義兄は悲しそうな顔をしてみせてからすぐ破顔一笑した。歯を剝き出しにしたこの顔は、義祖父の顔によく似ているどころか瓜二つ《うりふた》ではないか。義兄は笑い声でとぎれとぎれになりながら「家族と合わなかったんだなあ!」と叫んだ。「何て言うんでしょうね! そう、悪い人たちじゃない。おふくろも誰も、むしろ善良な市民だと思いますよ。僕だって善良な人畜無害の市民だけれど！　とにかくね、悪い人じゃあない。でもただね。ねえ、家族って妙な制度だと思いませんか。一つがいの男女、雄雌ね。それがつがう、何のために、子孫を残すために。でもさ、じゃあ誰もかれもが子孫を残すべきなんだろうか？　例えば僕は差し当たり親父とおふくろの子孫なわけだけれど、僕は次代に生き延びるべきほどの価値がある存在だろうか？　そんな、価値があるんだかないんだかわからない僕を育てるために、親父は身を粉にして働いて、おふくろは血も繋《つな》がらない、しかも気の合わないバアさんと同居してまあ若死にはしたけど看取《みと》って、死ぬのだって簡単じゃなかったんだよ。あれやこれやあったんだ、死ぬまでには。それだけのことを処理して、残った気難しいジイさんに仕えて。滅私奉公ですよ、嫁だの、母親なんて。そんなまでして、親父やおふくろがやろうとしていることは、ただ一つ、僕という子孫をどうにかして次の世代に生きて残そうとしてるわけです。それが僕は気味が悪いんです。悪かったんです。わかりますか？　わかるわけないか。はは、わかっちゃ困る、ね、謀反《むほん》を起こすのは一族に一人で充分だ。ね、僕はそれにいたたまらなくなって、逃げた……幸い優秀な弟がいてさ、無事お嫁さんをもらってくれたからいいよ、ね、僕はホッとした。心底ホッとしたんですよ。しかしね、このホッとしたという気持ちを分析すれば、僕もどこかで子孫が、僕のとは言わないまでもこの一族のね、子孫が残ることを望んでいるということになるでしょう。難しいねえ、そして恥ずかしいね、いい歳をして！　いや恥ずかしい、恥の生活だ！　我が家の恥部がすなわち僕なんだ。何せお嫁さんにもその存在を隠されていたほどの……」「あの、穴、多分この辺りなんですけど」対岸にある建物に何となく見覚えがあった。しかし、穴はなかった。義兄は辺りの草を黒い革靴でなぎ倒しながら調べたが、やはりなかった。コメツキムシもいなかった。

二人の子供が草の隙間《すきま》から顔を出して「センセイ、何しょーるん！」「その人センセイのお嫁さん？」と叫んだ。義兄はシイッと人さし指を唇にあて「めったなこと言うなよ、訴訟になるぜ。この人は僕の、弟の、お嫁さんだ」「弟のお嫁さんかあ！」「弟のお嫁さんって、誰？」「そりゃ非常にいい人だよ」「センセイ、ほいで、何しょーるなら？」「穴探してるんだ。穴、なかったか？」「穴あ？」子供は顔を見合わせると声を揃えて、「そんなん、この辺、穴だらけじゃあ！」と叫び、一人が躍り上がり、そして地面の中にすっと消えた。義兄ともう一人はけらけら笑った。

私は呆然《ぼうぜん》としていた。そこには、忽然《こつぜん》と穴が出現しており、子供が滑りこむように入って中で体を震わせるようにして笑っていた。「穴だらけじゃあ！」言われてみれば確かに穴だらけだった。穴は小さいのも大きいのも浅いのもすり鉢状なのもあった。上にちぎった青草が載った稚拙な落とし穴もあった。細いパイプでくりぬいたような細いものもあった。中に汚水が溜まってゆらゆら揺れている穴もあった。中からは羽虫が湧《わ》いていた。わらわらと集まった子供たちが穴の中からぴょこぴょこ頭を出したり引っこめたりした。穴の中から子供たちが湧いて出てきているようにさえ見えた。義兄は体を折り曲げて笑っている。「あの、動物は……」「センセイ、弟のお嫁さん何か言いよるでぇ！」「僕ぁ入らないよ！」義兄はヒイヒイ言って笑いながら「僕ぁ入らないよ！　僕ぁ穴には入らないよ！」と叫ぶばかりだった。私が落ちた穴がどれなのかはわからなかった。多分どれでもないような気がした。「穴だらけじゃ！　穴だらけじゃ！」私はしばらく立ちつくしていたが、段々馬鹿らしくなって、一人で土手を登った。追いかけてくるかと思ったが、義兄は何かを言いさえしなかった。遊歩道を歩いて戻りながら、川原の子供の数はまた増えているように見えた。ランニングにブリーフの子供がいた。珍妙な踊りを踊っている一団がいた。明らかに脱糞している男児と、それを取り巻いてうなだれている数名がいた。家に入りしな実家の庭を見ると、義祖父は真上に向かってホースを向け、霧のように広がる水をかぶっていた。義祖父に虹《にじ》がかかっていた。

義兄の言葉通りそれからすぐ盆休みになった。私の実家へ里帰りをした、その道中夫と二人きりでずっと車に乗っていた。その間に、義兄のことを聞こうかと何度も思いながら結局聞かなかった。聞いたところで、もしそんな人はいないと聞いたとして、そうなると私が会った男の人は誰なのか。そう、実は俺は次男でね、と言われたとして、それはそれで私はどうすればいいのか。車内で、私は夫が流すジャズに眠気を催されたふりをした。二泊して戻るともう夫の休みはあと一日しか残らなかった。夫は学生時代の友人と遊びに出かけた。私も誘われたが断った。夫も私が断ると知っていたようだった。姑も夏休みで、その間義祖父はずっと家でテレビを見ながら寝ていたらしかった。夕方には姑が庭に出て水を撒《ま》いているのが見えた。姑がするとそれは十分程度で済んだ。昨日から、夫も姑も勤めに出かけていた。

夜中、まだ真っ暗な窓の外でかすかな音がした。小さな音だったが私は目覚め、ベッドから出て外を見た。母屋《おもや》の常夜灯が照らす明かりの輪がちょうど乱れ、元に戻ったところだった。視線を動かすと、人影が門のところを歩いて出て行くのが、お隣の家の光で見えた。義祖父に見えた。私は夫の方を見た。よく寝ていた。陶器の人形のようだった。

私はそっと寝室を出、急いで階段を降り、外に出た。母屋は静止していた。姑は、義祖父が外に出たことに気づいていないようだった。義祖父の背中を探した。路上はかなり暗い。明るいのは何軒かの玄関先で光る常夜灯の光だけだった。街灯もほとんどない。その光の届く範囲に、義祖父はもう見えなかった。私はどろりと暗い空気を透かすように周囲を見た。空気が乱れ揺らいでいるような気がする方向に見当をつけて走り出す。私が二階から降り靴をはいてここに来るまでの時間はほんのわずかだが、義祖父の足腰を考えれば、追う方角を間違えれば見逃してしまうこともあり得る。私がほとんど転びそうになりながら走るようにして前に進んでいると、急に誰かの背中が現れた。「お嫁さん?」義兄だった。「あ……今」「ジイさんでしょ。僕のすぐ前、歩いてる」白いシャツを着た義兄が指差した先に、大股《おおまた》で歩く義祖父の背中があった。かなりの速足で、目的地がはっきりしている確信のある歩みだった。私は義兄に「どこへ？」と言った。義兄は不機嫌そうな声を出した。「僕ぁ知らないよ。たまたま庭にいたから気づいたけど……お嫁さん、よく気づいたね」「音がしたので……」「へえ。耳はいいんだなあ。絶対音感はある？」私が首を横に振ると、義兄は嬉しそうに「そうだろ、僕もないね」と言った。星も月も見えない、濁ったような夜だった。家々はどれも静まり返っている。蟬も鳴かない。義兄も口をつぐみ、私も何も言わなかった。義祖父の足は速い。私はあまり速足になるのが怖いような気がしたが、それでもついて行った。

義祖父は川沿いの遊歩道に入った。私たちもそうした。街灯はとてもまばらだった。肌寒かった。蟬のではない、虫の声がさあっと広がった。何となく地中にいる何かの声に思われた。コオロギやスズムシでもない、もっと小さくて細かいものから発せられる声だと思った。それが川面から土手の草むらから立ち昇って辺りを浸していた。寝巻にしている古いTシャツの袖口《そでぐち》から冷気が入ってきて鳥肌が立った。義兄はつまらなそうに歩いている。私はさっさと義祖父に戻るように言い、連れ戻すべきだと思ったが、義祖父の確信ある歩調を見ていると何だかためらわれた。どこへだか行きたいところがあるのならそこへ行かせたい気もした。街灯のかすかな光、向こう岸を走る車のライトを頼りに目を凝らした。義祖父は寝巻には見えない、ポロシャツのような襟のついたものを着ているように見えた。義兄はもう見慣れたような気さえする開襟《かいきん》シャツに革靴だった。シャツが真っ白なので妙にくっきり見えた。革靴の音がコンクリ舗装された遊歩道にかすれて響いた。義祖父はこちらを振り返らない。義兄は潰《つぶ》れたようなくしゃみを一つした。義祖父はそれでも振り返らなかった。

義祖父は更にしばらく川沿いを歩くと、不意に、草が生い茂っている土手に降り始めた。虫の声が静まり、またすぐに盛り返した。義祖父は草をなぎ倒し踏みしだきながら土手を降りているらしかった。そして姿を消した。時折通る車のライトで川面は明るくなったり暗くなったりした。「穴だ」義兄は言いそこに立ちつくした。「穴ですか」私は聞き返したが義兄は何も言わなかった。私は仕方なく、義祖父に続いて土手を降りた。靴の下でぽきりと何かが折れた。小さな羽虫が私にたかっていた。私は息を止めて、不安定な土手の上をそろそろと降りた。硬いものや柔らかいものを踏んだ。チキチキが、何匹か翅《はね》を鳴らしながら跳び上がった。大きな鳥が川の縁にすっと立っているのが、それ自体発光しているかのようにぼんやり見えた。

川原に開いた大きな穴から、義祖父の頭だけがとび出していた。義祖父は川の方を見ていた。私はその傍に開いていた穴に入った。そうしなければと思った。柔らかいものを踏んだ。はっとして見ると、何かの目が瞬《まばた》きながら私を見上げていた。獣だった。底の方から湿った冷気が立ち昇ってそくそくとした。獣の匂いはしなかった。その硬い毛が、寝巻の薄い布地越しに私のふくらはぎに触れていた。息づいているのがわかった。空が高くかつ低く見えた。重力が強くなったように、しかし体は軽くなったように感じられる。見上げているせいで巨大に見える鳥が首を伸ばし、左右に揺らすとまた動かなくなった。虫の声が胃の中まで染《し》みこんだ。

「宗明がさ」上の方から義兄の声がした。「帰ってくるとは思わなかったんだ。嫌がってると思ったから」「何を?」「僕がいる、いた、この家をさ」義兄はまたくしゃみをした。義祖父は天を仰いでいるように見えた。こちらからはその後頭部が見える。義兄の言葉が聞こえているのかどうかわからない。「嫌だろう、そりゃ、あいつには苦労かけたと思うしさ、嫌な目にも遭ったと思うんだ、僕のせいで。それはおふくろだって親父だってジイさんだってそうだよ。唯一《ゆいいつ》バアさんだけは僕がこんなになる前に死んだからよかったけど……気の毒だよ、他人みたいに言っちゃ悪いけど、でも他人ごとみたいな気がするんですよ。今でもね」ぷつっと車通りが途切れた。川面は真っ暗になった。虫の声に混じって別の、細かく揺らぐような音がした。水の音かもしれない。風が吹いて波立ったのかもしれない。そう思った瞬間川面から風がこちらに吹いた。昼間には感じたことのない冷たい風だった。「もっと遠くに行ってしまえばいいのにとも思わないじゃないが、離れられない、ホッとしたんです、だから、宗明がこっちに戻ると聞いて、実際戻ってきて。変な話、草葉の陰からじゃないけれど、引っ越して、それから毎朝通勤して、帰ってくる、宗明を、僕は何となくずっと見ていたんですよ。おふくろの張り切り方と言ったらない……不気味だとも思うんだけれど、それが人間なんでしょう、誰かがしんどい思いをするんだよね。その役目がお嫁さんに行かなきゃいいけどとは思うけど、でもお嫁さんは好きでこれを選んだわけだし……」「これって?」「流れみたいなものに加担することにですよ。僕が逃げたそれからですよ」どこから何の光が差しているのか、水面にかすかに立つ小さな波の形だけが見え始めた。次々形を変えながら途切れない。義祖父が荒く息をしているのが聞こえた。寒いのかもしれない。私だって寒い。早く連れて帰らないとと思った。「お嫁さん。僕のことを隠していたからって彼らを悪く思わないでやってください。悪いのは僕ですからね」

また路上に車が通り始め、向こう岸の草の形が浮かび上がった。大きな鳥が跳び上がり、川に落ちた。車の光に照らされて、一瞬、何のかわからない鮮紅色が見えた気がした。水面が乱れ、辺りにその反響のような揺れを感じた。すぐに、川面はのっぺりと平らになった。鳥は岸へ上がってこなかった。私の足元で獣は寝息を立てていた。私は穴から出ようとしたが、湿った土に手がめりこむばかりでうまくいかなかった。私は両手にもう一度力をこめ、片足を穴の壁面に突き刺すようにして体を支えようとした。すると私の足の下に獣が鼻面《はなづら》を突っこみ、そしてぐいと持ちあげた。体全体が浮き上がり、私は転げるようにして穴から出た。穴の中で獣ががさごそと動いている気配がした。覗くと、穴の中でもう暗さに溶けていた。私は傍の穴にいる義祖父に手を伸ばして「帰りましょう」と言った。義祖父は天を仰いでいた視線をこちらに向けた。初めて義祖父と目が合った気がした。義祖父はフウンと唸《うな》りながら私の手を握った。想像よりもずっと湿った熱い手で、そしてびっくりするほど重たくて硬かった。私の手と義祖父の手との間で土がきしんだ。私は力をこめて引っ張り上げた。手を引いて土手を登った。義祖父は素直についてきた。義兄は「僕ぁもう少しここにいるよ。だっていい月だよ。そら」と言った。私は空を見た。雲がかかっている。何も見えない。私は「わかりました。気をつけてくださいね」と言い置いて、義祖父を家に連れて帰った。背後からさやさやとする子供のざわめきのようなものが聞こえた。何度か振り向いたが誰もいなかった。一種の虫の声なのかもしれなかった。

私は母屋の玄関を開け「すいません」と言った。鍵《かぎ》は開いていた。姑《しゅうとめ》はすぐに出てきた。舅《しゅうと》も出てきた。舅を見るのは久しぶりだった。盆休みにもゴルフに出かけていた。舅は青くてだらりとした寝巻を着ていた。そこから見える胸がげっそりと細く、私が覚えていた舅とは少し違う人のように思われた。二人は私たちを見て目を丸くした。黄色い光が頭上から降り注ぎ、姑の顔に深い陰影ができ何だか疲れ果てて見えた。

「どうしたの？」「あの、お義祖父《じい》さんが今、外に出てどこかに行こうとしてらして、気づいたので追いかけて、戻ってきたんです」姑はマッと甲高い声を上げて義祖父の肩に手をかけた。そして「冷たい」と言って一瞬私を睨《にら》んだ。「寒かったんじゃないの。どこに、お祖父《じい》ちゃん……」義祖父は黙って、眠たそうな顔をしていた。姑はしばらく義祖父の目を覗きこもうと首を動かしていた。私はそれを横合いから見ていた。義祖父の目はいつまでも姑を見なかった。何も見ていないわけではない証拠に時折白目と黒目の分量が変わった。姑は諦《あきら》めて私を見た。今度は薄く笑っていた。私も笑い返した。姑はそして「ありがとう、私全然気づかなかった……」と呟《つぶや》いた。私は「私も、気づいたの、たまたまです」と答えた。私が後ろ手に母屋の戸を閉めると、姑が何かを言う低い声が聞こえた。舅の声がやや大きくそれにかぶさった。借家では夫がよく眠っていた。私はベッドに入った。夫の寝息でマットが上下しているのが背中でわかった。そして義祖父は熱を出して寝こみ、肺炎になって入院しすぐに亡《な》くなった。

玄関の戸は昼過ぎから開け放たれていた。ぞろぞろと、見知らぬ老婆《ろうば》や老爺《ろうや》がやってきてはゆっくりと靴を脱いで悔みを言った。手を上がりかまちや靴箱にかけて、膝《ひざ》を痛そうにしながらよじ登る。私は、母屋の玄関がこんなに足を高く上げねば入れないものだとは知らなかった。何の手すりも台もなく出入りをしていたはずの義祖父はよほど足腰が強かったのだ。老婆らは互いに全然似ていなかった。白髪もいたし、毛染めで真っ黒なのも、驚くほど明るい紫や黄色にしている人もいた。皆普段着で鞄も何も持たずただ片手に数珠《じゅず》を下げていた。私は玄関に立ったり中腰になったり、座ったり手を差し出したり台所に引き下がってまた出て行ったりしてうろうろしながら皆にお辞儀をした。老人たちは、向こうからしても見覚えがないだろう私に、もごもごと何かを言い、しきりにうなずいた。その都度私はまた頭を下げた。このたびはと言ったり恐れ入りますと言ったりしていると先方は納得したようで時に涙を流し、私の肩にそっと触れたりした。私は隙を見て、駆けつけた仕事用のスーツ姿のまま居所なげにしている夫に小声で「この人たち、親戚《しんせき》？　近所の人？」と聞いた。夫は首を振って「知らない」と言った。「何となくわかる人もいるけど」夫は同じことを、仏間にぺたりと座りこんでいる姑に聞いたらしかった。姑は答え、夫は二言三言重ねて聞いてから私の側に戻り「多分近所の人だって」とささやいた。「多分？」「おふくろも、はっきりしない人が何人かいるって」夫はかなり露骨に、座りこんだ周囲の顔を見まわした。仏間はもう老人で一杯だった。亡くなったその日に、病院から葬儀会社の車で戻ってきたばかりの死者の元に、近所の人がこんなに大量に駆けつけるというのは普通のことなのだろうか。本式の通夜《つや》でもない。私は枕経《まくらぎょう》という言葉も初めて聞いた。思えば私は親しい身内の誰もまだ亡くしていない。泣き崩れている人もいた。二人三人と連れ立っている人もいた。野良の時のように、首元にタオルを巻いたままの人がいて、隣の人に注意されて慌ててそれを外し、ズボンのゴムウエストに上着ごと突っこんでなんまいだ、と言った。

姑はわずか数日の看護の間に刻々とやつれていった。実際病院へ付き添っていた時間は無職の私の方が長かったのだが、仕事を午前で切り上げたり定時後に走ってきたりした姑の方がはるかに疲弊していた。姑は時折、誰かの顔に焦点を定めてはっとした顔をして頭を深く下げた。老人たちはそれに何度も何度もうなずいて応《こた》えた。小さな人も角ばったような人もいた。葬儀会社が用意した真っ白いカバーの布団《ふとん》に包まれた義祖父は刻一刻とまぶたを青くしていた。舅は急いで帰ると連絡してきたものの、まだ到着していなかった。死に目に会ったのは私と姑と姑の妹だけだった。

「お嫁さん！」お婆《ばあ》さんの一人が鋭い声で呼んだ。私は慌ててそちらを見たが、その人が見ているのは姑だった。私は浮かせかけた腰をおろした。姑はその声に気づかなかったような顔つきで義祖父を見ている。座が静まり返った。「お嫁さん……ちょっと！」声が大きくなったが姑はやはり素知らぬ顔でハンカチを目に当てている。私はいたたまらなくなり立ち上がって「何か」と言った。灰色の頭をし、えんじ色のカーディガンを羽織った老婆は「お仏壇の、お花……いっぽんばなにしないと」と空気を一緒に吹き出すような喋り方で言った。数珠をこねていた何人かの老人が仏壇の方を見てうなずいた。姑は呆《ほう》けた顔をしたままだった。別の老婆が私に優しく言った。「お花がね、こういう時は一本。いっぽんにするのよ。それがこのへんの決まりなのよ」「よそじゃ知らんが」「あらよそじゃ違うの？」「よそのことなんて知らんが」「とにかくいっぽんばなよ」真っ白い手が、透明な二重の数珠をしきりにこねている。花活《はない》けには、私が姑に言われ買ってきた白い菊が入れてあった。普段挿してある造花を引き抜いて中の埃《ほこり》を洗い流し、四本ずつ、高さを変えた菊を活けたのは姑だった。私は仏壇に近寄り、左右の花活けを両手に摑《つか》んだ。くすんだ金色に塗ってあり、水が満々と入っているので重たい。「片方に、一本ずつにするんですか」私が誰にともなく尋ねると、無数の老婆が一斉にうなずいた。私は視線を感じながら仏間を出た。姑の声が私を呼ぶのが聞こえたが私は差し当たり無視した。背中に、「アァ長生きした、長生きした」と誰かが呟いたのが聞こえた。高い声が続けた。「奥さんが、長いこと一人で寂しがっておられた」「長生きした、長生きした」「数えで九十と、聞いている」

私は花活けを持って台所に行き、四本入っていたうち低い方の三本を抜き、水切りかごに伏せてあったコップに挿した。水を注ぐとコップは白く曇った。電話して枕経に呼んだ僧侶《そうりょ》が来るまでにはまだ少し時間があった。私は一本ずつにした花活けを持ってこぼさぬようゆっくりと仏間に戻った。老人の数はまた増えていて、折り重なるようにして義祖父を取り囲んでいた。町内中の老人が来たってこんな数にはならないだろう。二人程小さな子供が、老婆の膝に取りすがるようにして眠たげにうずくまっていた。世羅さんの奥さんもいた。私は会釈《えしゃく》をした。奥さんもうなずいた。その膝に自分の膝を添わせるようにして小さな男の子が正座をしていた。男の子の手を、更にその隣に座った老女が握っていた。老女はきっと眼前を睨みつけていた。世羅さんの奥さんは、この前会った時と同じ白いブラウスにロングスカートで、老人たちのくすんだ普段着の中では浮き上がるような明るさだった。小さな男の子は真っ赤な顔をしていた。私は仏壇に近寄った。しゃがれた小さな声の老婆が「お葬式まではいっぽんばな、それからあとは、しばらくお花を絶やさないように……」と言った。それ自体が念仏のように聞こえた。私が花活けを仏壇に置くと、「向きが、逆」「違う、右左が、逆、そう」と声が飛び、私は慌てて指示通りにした。白い菊はまだ硬く強張《こわば》っていて、花活けに一本では勝手な方向に傾《かし》いでいてみっともないと思った。長いのではなく、短いのを残せば良かったと思った。「花……どうしたの」姑が私に言うので、私は「お通夜では、ほら、いっぽんばなにしないと、いけないって、今」とささやいた。姑は腑《ふ》に落ちない顔をして花と義祖父を見比べたが、それ以上何も言わなかった。病院のベッドの上でとじあわされた義祖父の唇が、前歯の形に盛り上がって少しだけ歯が見えていた。「若住職じゃあ」「なんじゃ若い方一人のお爺《じい》さんがアァ坊さんが来たと言った。「若住職じゃあ」「なんじゃ若い方か」「住職さんはもう、ほら膝が」「こないだ法事に呼んだら車いすで来てからに、畳を這《は》うようにしてでもうちはおばあさんが住職さんじゃないと気に入らんのだからうちでは無理を言って、呼んで、サ」「若住職も、声は悪うない」「声はそら若い方がええよ」「数えで九十」「あやからにゃ」「息子はまだ帰らんのか」黒い衣を着てやってきたのは五十がらみの僧侶だった。私は初めて見た。変わった形の眼鏡をかけていた。夫が仏間と直《じか》に繋がる縁側のガラスサッシを開けて通した。僧侶は衣をさばきながら草履を脱ぎ、仏間に入った。白い足袋の指の先に赤い葉ダニがいくつもくっついていた。老人たちは頭を下げた。私も下げた。顔を上げると義祖母の写真が目に飛びこんできた。早晩あそこに義祖父も並ぶ。ずっと前に亡くなった義祖母とでは夫婦には見えないだろう。親子にも見えまいが、しかし、まぎれもなく同じ一族には見える。僧侶は私が花を活け替えた仏壇の前に座ると、すぐさま聞き慣れぬ経を読み始め、私が数珠を手のひらに掛ける間もなく、老婆たちがそれに低い声で唱和を始めた。なぜか安堵のようなものが私の両肩を包んだ。控えめな音がして、舅がそっと仏間に入ってきたのに老婆老爺が目を閉じて読経《どきょう》しながら一斉に頭を下げた。

枕経が終わり、僧侶も帰り、その頃を見計らって再訪してきた葬儀会社の社員がパンフレットを手にあれやこれやと見積もりをし、花や通夜振舞の食べ物や祭壇やその他あらゆるものの等級と数を決め、全《すべ》てが落ち着いたのは夜遅くだった。あの大量の老人たちは僧侶が帰ると一人二人と消え、最後には素性のわかるごく近い身内だけが残った。いくつかのちり紙が畳の上に零《こぼ》れていた。拾い上げると湿っていた。私はそれを集めて捨てた。飴《あめ》の包みかすなども混じっていた。明日夕方の通夜に間に合うように、私の両親もこちらに来るはずだった。姑はため息をつき「お祖《ば》母《あ》ちゃんの時も大変だったけど、その時は大概お祖父ちゃんが決めたから……」と言った。二度も三度も同じことを言った。最後は何を言っているのかわからないほどの呟きになった。駆けつけていた姑の妹が姑の肩を抱いた。「長患《ながわずら》いじゃなかったんだもの。そう悪いことじゃないわよ。長いこと、寝たきりになったりするよりかはさあ。肺炎なんて、年寄りは大概、最後は肺炎で死ぬのよ。それまで苦しむかどうかだけの違いよ」「でもまさかこんな急に……」姑はもっと長く何事かを言ったが私にはよく聞こえなかった。姑の妹はきびきびと答えた。「急に死ぬのが長生きした年寄りの本望よ。うちのお義母《かあ》さんの時思い出しなさいよ。意識もないのに、長いこと……。それに、しゃんとしてたんでしょ、亡くなるすぐ前まで。自分の足で歩いてさ。何よりよ。呆《ぼ》けたりも、してなかったんでしょ」

姑は急に真《ま》っ直《す》ぐな目で私を見た。私も姑を見た。水を撒く義祖父の姿が浮かんだ。逆光で見えない顔の中に、立派な前歯だけがあった。死んでたった数時間で、あんなに、底光るようでさえあった義祖父の焼けた肌は曇り白くなってしまった。

二人で一瞬見つめ合ってから、姑は「そうね」と答えた。「そうね」私は身内の者の茶を入れ替えに立ち上がった。シンクのすぐ脇《わき》で、口の広いコップに入れた六本の菊が匂《にお》っていた。一本一本はまだ硬いが、これだけあるとそれなりに精気を発している。ふと、義兄は来ないのだろうかと思った。当然気づいているはずだ。人の出入りもおかしいし、線香の匂いもするだろう。いくら不仲とはいえ、身内が亡くなったのに、家のすぐ裏にいて知らん顔をしている道理はない。私は茶を淹《い》れ、配り終えるとそっと外に出て裏庭に行った。掘立小屋は真っ暗だった。もう寝ているのだろうか。私は引き戸に手をかけた。鍵がかかっていた。私は少しその戸を揺すった。掘立小屋全体がかすかに揺れた。黴臭《かびくさ》い匂いがした。古井戸の上にはめてある金属の格子《こうし》は消え、代わりにコンクリの分厚い蓋《ふた》のようなものががっしりはめこまれていた。蓋にはコケが生えていた。私はもう一度掘立小屋の戸を引いたり叩《たた》いたりした。何の反応もない。手に真っ赤な錆《さ》びがついた。サッシの取っ手には埃が溜《た》まっていた。子供たちのざわめきや甲高い叫び声や、老婆老爺たちのしんとした体臭や、そういうものがざあっと私の周囲を満たし、すぐに引いていった。私が仕方なく戻ると、姑はさっきと全く同じ格好で座っており、身内の人々は帰り仕度をしていた。舅が立ち上がって頭を下げていた。

「どんなに大変な時でもお腹《なか》がすくんだからえらいもんよね。何か食べよう……」ようよう立ち上がった姑が冷蔵庫を開けた。数日の看護で忘れられていたのだろう、青ネギは先端を茶色く枯らし、張りを失って垂れ下がっていた。それを摘《つま》み上げて姑は私に笑いかけた。私も笑った。「しょうがないねえ、これじゃあ……」私はそこを離れ、仏間から、客用の湯呑《ゆのみ》を引き上げた。夫は憮然《ぶぜん》とした顔で義祖父の脇にあぐらをかき、携帯電話をのぞいていた。指先の動きがいつもより鈍い。舅はなぜか奥で横になっていた。「どんなお義祖父ちゃんだったの？」私が盆に湯呑を載せながら声をかけると、夫は驚いた顔でこちらを見た。「え？」「お義祖父ちゃん、どんなお義祖父ちゃんだったの」「ジイさん？　そうだな」夫は一度携帯電話を畳の上に置き、両手を擦り合わせるようにしたがまたすぐに手に取って指を動かし始めた。「うーん、昔はすごく怖かったけど、俺が大学に合格した時は物凄《ものすご》く喜んで、おふくろたちに内緒で三十万くれたりしたな、わざわざ新札で。すぐ使ったけど」「何買ったの？」「忘れたよ、大したものは買ってないと思うけど」「どんな遊びをしたの？」「遊び？　ジイさんと？　遊びなんてしたかな……何度か釣りに行ったかな。でもジイさん自体、釣りがそんなに好きじゃないみたいで、ちょっと気まずかったな。釣れなかったし」私は義祖父を見下ろし、義祖母を見上げた。「なんで急にそんなこと?」「急にじゃないよ」台所に戻ると、ネギは全てきれいに刻まれ、姑は鍋《なべ》に醤油《しょうゆ》を落としながら「いいおとうさんだったのよ」と言った。

夕食とも夜食とも言えないようなにゅうめんを啜《すす》りながら、姑は何度も鼻をかんだ。「親父《おやじ》は食べないの?」「後でにするって」夫は箸《はし》を操りながら、今日も携帯を放さなかった。夫は汁を啜り終えると立ち上がり、首をまわしながら仏間へ戻った。「お風呂《ふろ》は?」「後でいい」私も食べ終え、夫の分と自分の分と、重ねた器を流しに運んだ。「食器、そのままにしといてよ」「いえ、洗います」「いい、いい。今私が洗うから。そのままにしといてよ」姑は言ったが立ち上がらなかった。私は姑の台所スポンジを水に濡《ぬ》らし、簡素なコップの中で互いにもたれ合って咲こうとしている菊を眺めた。青ネギの匂いで菊の香りはもう消えていた。私は食器を一つ一つ洗った。姑がぼやけた声で「ごめんねえ」と言った。私は何も答えなかった。姑か、義祖母かが選んだ、薄手で淡い色の客用湯呑、にゅうめんのどんぶり、数日前のらしい納豆の糸がついたままの茶碗《ちゃわん》。私はシンクの中にたまったネギやお茶っぱのかけらを流すために、蛇口の水量を少し多くした。水が跳ねて菊がふらふら動き、また強く匂った。何があったのか、夫がオリンを鳴らした。換気扇の向こうから、義兄のけたたましい笑い声が聞こえた。そこに、誰か別の声も混じっていた。姑を振り返ると、頬杖《ほおづえ》をついたまま目を閉じ舟を漕《こ》ぎ始めていた。その、膨らんだりしぼんだりしている背中を私は見つめた。当分寝ているだろう。全て洗い終わった私はもう一度家の裏に行った。誰もいなかった。掘立小屋は真っ暗だった。私は掘立小屋の戸に手を触れた。少し抵抗してから、それは開いた。はっとして覗くと、埃と黴にまみれた嫌な臭《にお》いがし、そこら中に様々な形のものが積み上がり、立てかけられ、転がっていた。長いこと人が入った気配がない。大きなガラス瓶がいくつも床に並べられていて、その中に、長いうねったものがとぐろを巻いているのが見えた。隣の瓶に入っているのはムカデらしかった。天井から裸電球がぶら下がっていたので紐《ひも》を引いたが、電気はつかなかった。裸電球は重た気にゆらゆらと揺れた。もう一度引くと、天井からばらばらと大きな埃のようなものが落ちてきたので外に出た。一瞬しか中にいなかったのに、私の手や靴は真っ白に汚れていた。

夏は終わりに向かっているというのに、暦の上ではとっくに秋だというのに、今なお日に日に暑さが増しているような気がする。どこかで打ち止めて涼しくなるのだろうか。蟬《せみ》だって、いつまでも真夏の蟬が鳴いている。こういう気候は今年だけなのか、これからずっとそうなのか、気候変動なのか異常気象なのか、熱中症で人が死ぬなんてことは少し前まではなかったのだ。道の真ん中に蟬が一匹死んでいた。脚を上に向けて真っ黒く焼けたアスファルトに転がっていた。私は買ったばかりの自転車のハンドルを動かして少し進路を変え、その蟬を轢《ひ》いた。完全に乾いていると思ったが意外に粘りのある感触があり、前輪に、ブブブ、という振動を感じた。お腹の中に溜まっていた空気を押しつぶした感覚なのか、まさか生きていたわけもあるまい。何だか釈然としないまま漕いだ。コンビニからの帰り道は、歩きでは気づかなかった程度に傾斜し上り坂になっていた。前かごに入れたコンビニの制服が道路の凹凸を拾って跳ねあがった。私は脚に少し力を入れた。「暇なんですよ、お客さんはそんなに来ないので。でも、じゃあ誰もいないってわけにはいきませんしね」「子どもさんとかたくさん来るんじゃないですか」「そうでもないですね。この辺はもう、お子さんがいるおうち自体が少ないと思いますよ、高齢化で。学校かオフィスでも近所にあればね、また違うでしょうけど」「そうですか」いつか私が払込票を差し出した女性店員は「じゃあ、明日からよろしくお願いします」と言って立ち上がった。私も立ち上がってお辞儀をした。コンビニを出ると暑い空気と草いきれが私を包んだ。土手に繁茂した草を、菜っ葉服を着た老人たちが刈り取っていた。濃厚な草の匂いの中に、よく知っているが、何かわからない匂いが混じっていた。面接のついでに購入したペットボトルがもう汗をかいてびしょびしょに濡れていた。土手の緑の中にぽつぽつと赤い色があった。老人が刈り終わった草を小山に掻《か》き集めていた。その中にも赤い色が混じっていた。彼岸花のようだった。獣も穴も子供も見えなかった。家に帰り、試しに制服を着て鏡の前に立って見ると、私の顔は既にどこか姑に似ていた。

いたちなく

この正月は妻の実家へは帰らなかった。「いいのよ」妻は肩をすくめた。「私が一人で暇な時に行けばいいのよ、そんなに遠くないんだし」実際妻は度々一人で里に帰っていた。僕としても、どうしても義父母や妻の妹一家と顔を合わせたいわけでもない。「ユウちゃんたちのお年玉だけ、母に言づけしておくわ」「そうかい」

三が日も過ぎ、職場の正月休みもとうに終わった頃に友人の斉木君から賀状がきた。干支《えと》の絵が印刷された年賀葉書に、ボールペンの殴り書きで、『引っ越して、住所が変わった。年末年始大変な忙しさ。なお当方結婚致し候《そうろう》、相手は三十二歳也《なり》。』とあった。わざわざ奥さんの年齢を書くところが斉木君らしい。三十二歳となると十近くも歳下《としした》ということになる。新居の住所は市内から車で一時間ほどの、兼業農家が多い地区で、後ろには中国山地がひかえている。引っ越して結婚したとなったらずいぶんな変化である。僕は斉木君に電話をかけた。

「やあやあドウモドウモ」斉木君は大きな声で出た。

「賀状をいただいたよ。おめでとう。結婚したなんて、すごいじゃないか」

「ああ、大回転だったよ。家をね、築五十年の家を買ってね、リフォームしたんだよ」酔っているような口調だった。「仕事関係に周知している間に友達諸君への連絡が遅れて、こんな風に年賀葉書で知らせる都合になってしまって申し訳ないんだが」

斉木君は自宅でする仕事をしている。何だか、舌が唇にぶっつかるような喋《しゃべ》り方で、その後ろからわあわあと人が騒いでいるような声も聞こえていた。

「宴会中かい」

「宴会なんて上品なものじゃない。田舎の寄り合いさ。俺は都会育ちだから、こういうところはどうも馴染《なじ》めん。近所の暇なおやじどもが集まってきて夜な夜な酒を飲むんだ。いろいろと失敗した」

失敗した、と言いながら楽しそうだった。大分飲んでいるようだった。

「結婚したのはおめでたいことじゃないか」

「まあね。四十過ぎて初婚だからちょっと自分でも……妙な気分だが悪くない、今のところは。時に奥さんは元気かい」

「ああ」妻は最近あまり元気そうには見えない。仕事で疲れてもいるのだろうし、不妊のことが気にかかっているのかもしれない。「妻もお陰さまで元気だよ。宴会だか寄り合いだか、あまりお邪魔しちゃ悪いから切るよ。とにかくおめでとう」


少し前だったか、僕が帰宅すると、トトト、と音がして、妻が迎えに出て来た。妻と一緒に、米の炊《た》ける甘い匂《にお》いがした。

「ああ、ただいま」

「ねえ」妻は妙に真剣な顔をしていた。何かあったのかと思って僕も真顔になった。

「どうしたの」「ねえ、その」妻は珍しく言い淀《よど》んだ。妻もまだスーツを着ていて、仕事帰りすぐのようであった。片手に、丸いものを持っていた。直径が五センチくらいの半透明の白いプラスチックで、皮膚科でクリームをもらう時の、蓋《ふた》つきの容器に似ていた。

「ねえ、あなたは最近でも自分でしたりするの」

「自分で？」僕は面喰って妻の顔を見た。「何をだい」

「何て言うのかしら」妻はその、手のひらに載った容器を見た。いつの間にか薄笑いを浮かべていた。「つまり、自分で自分のものを……」妻の顔つきにはっとした。

「もしかして、その、自分で手や何かで……する、それかい」

「ええ」妻はうなずいた。僕はどぎまぎとした。赤面もしたようだった。

「最近も何も、僕は結婚してから全然……」それは本当だった。そもそも十代や二十代ではない、四十過ぎの身で、同い年の妻が不妊に悩んでいて、毎月カレンダーと体温表とにらめっこしているのを見ていて、そういうことを再々行うという人の方が少ないのではないだろうか。斉木君だって、いかに若い奥さんを貰《もら》うほど元気だといってそんなことはしないだろう。

「どうして一体そんな……」

「何かを疑ったり責めたりしているんじゃないのよ」妻は浮かべていた薄笑いを引っ込めた。額に脂《あぶら》が浮いた顔で、しかし頰は白く粉を吹いていて、足元を見るとストッキングを片方だけ脱いでいるのだった。よほど急いで出て来たらしい。

「どうしたんだい」

妻は急に早口になった。「あのね、面倒なことを頼んであなたには気の毒なんだけれど、自分で精液を出して、この容器に入れて欲しいんです」

「何だって？」僕は口を開けた。「つまり、それは、検査というか、その、子供の……」

「ええ」妻はうなずき、また薄く笑った。「二十四時間以内に婦人科へ持っていけば、検査にまわしてくれるんですって。今日仕事の帰りに寄ってきたの」

僕はその容器を受け取った。妻の手のひらで温まっていた。「今夜かい」

「明日朝の方がいいわ。きっと新しい方が……でも、もし今の方が都合がいいならそれでも」

妻が、僕の帰りを待ち構えてこの話をしたのはつまり、歳のせいで思うままにならないかもしれない僕の性器を慮《おもんぱか》ってのことらしい。少しでもよい状態を選べるように。妻が日数計算と尿のチェックによって決めた性交日も、時にままならず二人して疲労困憊《こんぱい》することがある。

「ご面倒でしょうけど……私今夜は洋間で寝るわ。私がいちゃ、やりにくいでしょうから……」

「僕は気にしないよ、ははは」僕は何だか急におかしくなってしまって笑った。本心の笑いだった。異様なおかしさだった。妻も笑った。夫婦で、声を合わせて笑うのは久方ぶりのような気がした。それがこんな時だなどと、ドアを開けるまでの僕は想像だにしなかった。

夕飯を食べて入浴し、先に寝に行きしな妻は「一回分全《すべ》て入れてくださいね」と念を押した。「最後まで、拭《ふ》いちゃだめよ」「わかったよ」

春先になって、斉木君が電話をかけてきた。僕は休みで家にいた。妻は出かけていた。正月の里帰りの代わりではないが、自分の里に遊びに行っていた。斉木君は開口一番「お前、いたちについて詳しくないかい」と言った。僕はぎょっとした。

「いたち？」

「いたちだよ、いたちが出て困るんだ。それが、ひどい話なんだ。近所にばばあがいるんだが」

「ばばあかい」

「ばばあさ。ばばあもばばあで、底意地が悪いんだ。ひどいんだよ。奥さんなんてもう、腕が真っ赤に腫《は》れあがって……」

「腕が真っ赤に？」何だかまるでわからない。斉木君は何かをぐびりと飲んだ音をさせた。まさか酒ではあるまいと思ったが、家でする仕事だと、昼間から何をしているかわかったものではない。

「ひどいのだ。いたちが屋根裏に出るんだ。毎晩うるさいし……、ノミだかダニだかがばらばら降ってきて、奥さんの腕が腫れて、腫れて……。糞尿《ふんにょう》は臭《にお》うしな。本当に参っているんだ。こんな田舎を買うんじゃなかった」斉木君に似合わず弱々しい声だった。

「そんなもの、業者を呼べば駆除できるだろう」斉木君によると、そう簡単ではないらしい。

　駆除業者に頼んだのだが、当の業者自体があまりぱっとした顔をしない。「罠《わな》をかければ、獲《と》れることには獲れると思いますが……」もごもご言って、とりあえず屋根裏に入り、罠を一つ置いた。「屋根裏に、糞や毛の塊や、それに、リフォームの時に入れた断熱材を噛《か》み砕いて巣のようにしたものがあったと業者が言うんだ。

そのど真ん中にしかけましたと言われて、かかったのはその次の日だ。馬鹿《ばか》にしているとは思わないか。次の日だぜ」業者をすぐ呼ぶと、業者が、これは今年生まれた若いたちだと言う。金色の毛をしていて、想像より細くて長い。「犬のできそこないのようなのを想像していたんだが、全く違うね。とにかく細くて長いんだ」業者は、この一匹だけが悪さをしていたとは思えないので、罠は継続してしかけねば意味がないだろうと言い、その言葉通りそれから一週間とあけず次の一匹、その翌日にも一匹かかった。業者は、罠を買い取って、自分で置く方が金がかからないだろうと言い、斉木君夫妻はそれを実行した。多い時は続けて数日かかり、一、二週間ほどかからないので安心していると、またかかる。「駆除業者は良心的だったね、罠を買い取った元はすぐ取れた」

かかったいたちは二十キロほど奥の山に捨てに行く。僕は思わず尋ねた。

「山に捨てるのかい。それじゃ意味がないんじゃないかい」

「だって、保健所でも野生のいたちは引き取ってくれないと言うし。山ったって二十キロも向こうだぜ。そんなところからは戻って来ないだろう。お前なら、殺せるかい」僕はちょっと黙ってから「無理だな」と言った。

「いたちというのはひどく頭が悪いらしい。罠をかければどんどん、次々かかるんだ」駆除してもしても出てくる。もう、地域中のいたちを捕獲したような気さえするのにまだかかる。業者が言うには、要は屋根裏に住みついているわけではなく、どこからか入ってきて、罠にかかるか、また出て行っているのだと言う。つまり、その穴を塞《ふさ》がないと、捨てても捨ててもまた入ってくるのだ。

「これぞいたちごっこだよ。言い得て妙だ。昔の人は偉いもんだ」

「じゃあ穴を塞げばいいじゃあないか」

斉木君は何かをまたぐびりぐびりと飲んだ。買った家は築五十年という日本式の瓦葺《かわらぶき》で、購入してまずリフォームをした。断熱材を入れ、急な階段をつけかえ、手すりもつけあちこちの段差もならし和室のいくつかを洋室にした。新築に比べれば安いが、それなりに金額も要した。しかしその時にはいたちのことを考えもしなかったので、日本式家屋特有の、床下や壁や屋根裏の隙間《すきま》を塞ぎはしなかった。こうなってみると、日本の家は実に穴だらけらしかった。「今から、塞ぐわけにはいかないんだ。そうなれば建て替えだよ。こんなことならリフォームなどせずに新築すればよかったんだが、今さら建て替えるような余裕はないのだ。お前、家を買う時は気をつけろよ、いたちが出ちゃおしまいだぜ。今風の、ぺこぺこの建て売りならこんなことにならないんだ。気密性を高めるように穴はないからね。何さま築五十年の瓦葺だもの」

僕はふと疑問に思った。「その、前の持ち主の時は出なかったのかな」斉木君はまた何かをぐびりとやって、怒った声を出した。

「そう、腹が立つんだ。それがばばあのことだ。隣の家が、田舎だけあって少し離れているんだが、そこにばばあが住んでいるんだ。世間話をしていてね、俺の奥さんが」今さらながら、斉木君が自分の妻を奥さんと呼ぶのがおかしかった。「いたちのことを愚痴ったんだ。そうするとそのばばあが、ああまた出たの、と言ったんだ。そこの家には前からいたちが出るのよねえ、とこうだ。そのばばあはそれまで知らん顔をしていたんだよ。リフォームの時に一言教えてくれればいいものを、黙っていて、それで、出たとなったら、ええ前の持ち主もいたちには手を焼いていましたよ、と訳知り顔に言うんだ。腹が立つだろう」

「その、おばあさんの家にはいたちは出ないのかい」

「出ないよ」斉木君は深い息を吐いた。「出ないんだよ、あっちだって穴だらけ隙間だらけの古い家だのに」

「どうしてだろう」僕は音を立てないよう用心しながら茶をそっと啜《すす》った。妻が取り寄せている漢方配合の茶だった。香りが強くほろ苦い。

「それはいたちの都合さ。人間にはわからないが、好みでもあるんだろう。ばばあの家には出ない、近所でも、うち以外の家には決して出ないのだ」斉木君は、憤懣《ふんまん》やるかたない風だった。

「前住んでいた人はどうしていたんだろう」

「わからない。いたちが出たということきりしか知らないんだ。ばばあも、そう詳しくはなさそうだった。そう言えばいつの間にか出なくなりましたねえって、入れ歯を嬉《うれ》しそうにもぐもぐさせて言うんだ」

「険呑《けんのん》だね。どうするんだい」

「奥さんが色々パソコンで調べたりもしているようだが……特効薬はなさそうだ。ガソリン代だって馬鹿にならないよ。近所で軽トラを借りて捨てに行くんだが、ガソリンを入れてから返してやると、軽トラのおやじがごうつくばりで、俺が借りにくるのをぎりぎりまでガソリンを入れずに待っていやがるんだ。そろそろご入り用の頃だと思ったよ、などとぬかしやがる。田舎の人は純朴だなんてあれは大嘘《おおうそ》だ。ばばあをはじめとしてだな。暇なおやじがうじゃうじゃ住んでいるんだが、大体、こちらが家にいると見るや誰かしら酒を持ってくるんだ。飲め飲めと言うんだ。冬になると、お前、仕留めたと言ってイノシシ肉やらシカ肉やらを持って来て、奥さんに鍋《なべ》にしろだの薄く切ってあぶってタレをつけろだのやいやい言うんだ。我々は、地区では若い方だし新参者だし、奥さんも断りきらないし、そのうち他のおやじまでぞろぞろ来て、酒盛りになるんだ。田舎は骨だ」

「その、宴会の時にはいたちは気にならないのかい」

「いたちが出る部屋は大体決まっているんだ。屋根裏の構造だろうね。ダイニングの上には来ないんだ。奥さんは痒《かゆ》がって……肌が弱いんだ。俺はそうでもないんだがね、なにぶん……」

「まああまり気にしないで。何かいい方法を知ったら教えるよ」

「ないだろうよ。もう一生、いたちとともに過ごすのだ。この田舎で」斉木君は泣きそうな言い方をしたが、またぐびりとやって、急に声の調子を変えた。

「時に、最後のシシ鍋をするから来ないか、奥さんも一緒に」

「最後のって、何だ」

「シシ鍋は冬のものなんだ。もう猟が終わるんだ」

「いつもの酒盛りに混じるのかい、僕らも」

斉木君は電話の向こうで笑った。

「いや、おやじどもはご遠慮願うよ。うるさいからな。何度か作って、うちの奥さんのシシ鍋は、おやじどものお墨つきになったぜ。おやじども抜きで、いいところのロースをせしめたんだ。凍らせてあるからそう急がないが近いうち、来ないか」

僕は妻が帰ったら予定を聞いてみると答えて電話を切った。なんとなく妻は行きたがらないだろうと思ったが、夕方になり、両手にいろいろな荷物を持って帰宅した妻に聞くと、ぜひ行きたいと言う。

「シシ鍋なんて、今じゃ贅沢《ぜいたく》ね」妻の顔は嬉しそうだった。

「エッ、イノシシを、君食べたことあるのかい」妻はふふふと笑いながら、いろいろな食べ物を出しては冷蔵庫に仕舞った。義母の、漬けものや総菜らしかった。

「私は田舎者ですからね……でももう何年も食べていないわ」少なくとも僕と結婚してからは一度も食べていないはずだ。僕は食べたことがない。

「どんな味だい」

「そうね、豚とは違う……柔らかくておいしいわよ。うちではね、醬油味《しょうゆあじ》の出汁《だし》にして、味噌《みそ》を少しだけ隠し味にして作ってたの。あんまり甘くしないのがいいのよ。斉木さんの奥さま、どんな方かしらね。お若いんでしょう」

「三十二だってさ」「あらまあ」


斉木君の新居には、我々の車を無造作に停めても余裕のある広い庭があり、白梅が一本と、木蓮《もくれん》が一本、僕には名前のわからない、背の高い常緑の木が植えてあった。

「やあやあ」我々の車のエンジン音を聞きつけたらしく、斉木君が玄関から出てきた。

「改めて結婚おめでとう」僕が言うと、斉木君は「ねえ。いやあ奥さん、御無沙汰《ごぶさた》してまして」とにやにやした。妻は手土産の菓子の袋を差し出した。

「本当にお久しぶりです。おめでとうございます。今日はお招きいただきまして。奥さまは、中に？」

「ええ」斉木君は大いににやついた。「妻の料理がお口に合うといいんですが」

心もち、斉木君は太ったようだった。

「幸せ太りかい」

「さあて」斉木君はさらににやついた。「この歳でやつれちゃ、むしろ危ないからなあ」

「立派な家じゃないか。それにいい庭だね。あの高い木は、何だい」

「あれは、スイリュウというんだそうだ。裏には柿《かき》の木もあるんだが、渋柿らしい」

「梅もあるんだね」

「そう、前の住人の趣味だ。広さの割に木が少ないのが気にならんでもないんだが、植えれば植えただけ世話がいるしなあ」

僕は白梅に近づいた。今年の梅はどこで見ても貧相だ。咲くのも遅かったように思う。斉木君の庭の梅も、一つ一つが小さく数も少ない。せめて香りでもと思って鼻を寄せると、白梅の、あの清廉《せいれん》な香りではなくて、萌芽《ほうが》のため精を溜《た》めこんでいる生木の匂いばかりがした。

「山桜かしら」妻が、斉木君の家の向こうの山を仰ぐようにして呟《つぶや》いた。山全体がまだくすんだ灰茶色で、所々に緑色が見え、さらにぽつりぽつりと、白いものがあった。「白梅と、桜が同時期ということがあるかしら」

「山の桜は早いんだろう、ソメイヨシノより」僕が答え、斉木君は我々を玄関に招き入れた。外観は日本の古い家そのものだが、入ると玄関は洋式のタイルで、上がりかまちもごく低く作ってあった。

「これから老いるばっかりだからね。老人向きに直したんだ。こっちへ」靴を脱いで上がると、奥から甘い味噌の匂いが漂ってきた。

「いい匂い」妻が脱いだコートを片手にまとめて鼻をひくつかせた。

「手前味噌になりますが本当にシシ鍋は悪くないんですよ。ああ、上着はこっちへかけてください」

急に奥から女性の声がした。「あ、ハンガーがあるから、出します」気のせいか、妻が肩の左右の高さを、カタリ、と変えたように見えた。右、左、と高くして、妻はすっと背筋を伸ばした。奥から出て来たのは膝《ひざ》が隠れるスカートをはいた女性で、眉《まゆ》が太く、タートルネックのセーターを着た肩が丸い。腫れあがっているという腕は隠れていた。

「あ、はじめまして」金属のハンガーを二つ差し出しながら、斉木君の細君はひょいっと頭を下げた。

「洋子《ようこ》と言うんです」斉木君が、けれん味のない笑い方をして言った。思ったよりずっと素朴そうな人だった。妻のウールのコートは、クリーニング屋でついてくるような細いハンガーにかけると不安定そうに揺れた。妻は長い腕を伸ばしてコートの肩を支え、しばらくバランスを取るようにしてそっと手を外した。洋子さんが奥に引っ込んだのを確認して、妻は僕の耳に「ねえ。三十二歳って、聞いたわよね、奥さま」と囁《ささや》いた。

「三十二、確か……」

「そうだったわよね。今時、三十前半だと、まだお嬢さんみたいなつもりでいる人が多いけど……」妻は、ちょっと顔を真面目《まじめ》にし、「ずいぶん、落ち着いてらしたから」と念を押した。

「いや、本当だね」僕もうなずいた。

台所はずいぶん広く、妻は声を上げて羨《うらや》ましがった。洋子さんは振り返ってにっこり笑った。

「広いのは広いですけど、昔風の作りですから」

「まあ、コンロも四口。収納も多くって」

「ええ。でも使わないものは仕舞いこんじゃって、探し物すると出てこないんです、落とし蓋やなんか」

洋子さんは髪を一つにまとめ、人造ダイヤのようなものがくっついたプラスチックで留めていた。セリをざくざくと刻んでいた。

「何か、お手伝いしましょうか」妻が言いかけた。斉木君が叫んだ。

「とんでもない！　どうぞ座ってお楽に、ねえ、奥さんは飲めるんだったっけ？」

斉木君は妻に椅子《いす》を引いてくれた。僕はその隣に座った。八人は座れそうな巨大なダイニングテーブルだった。

「僕より強いよ、ねえ」

「まあそうね。この人弱いでしょう」

「弱いだけにあまり飲まないからえらいですよ。僕は彼に介抱されてばかりだったもんです。じゃ運転手はお前だね。奥さんはどうぞ飲んでください」

斉木君は冷蔵庫から、うっすら霜の降りたガラスのデキャンタを出した。薄手の青磁の、大ぶりな猪口《ちょこ》が食卓に用意してあった。

「冷酒にしたよ。シシは体が温まるから、飲み物は冷たいものがいいのだ。最初はビールの方がいいですか」

「いいえ、私も冷酒をぜひ……奥さま、洋子さん、も、お飲みになるんですか？」

妻は細いパンツをはいた脚をひらりと動かして組んだ。床はフローリングになっていて、足元にはホットカーペットが敷いてあった。斉木君も洋子さんも、スリッパを出してくれなかった。テーブルの真ん中にカセットコンロが用意してある。

「私は、飲んでも、ほんのすこうし」分厚い靴下をはいた足を爪先立《つまさきだ》ったり戻したりして体全体を上下させながら、洋子さんは細い青いネギも切り、プラスチック製の緑色のざるに山盛りにした。その横にはシイタケやエノキダケやマイタケが盛られたざるも用意してあった。ガスコンロには大きな土鍋がかけてあった。斉木君は冷蔵庫からウーロン茶のペットボトルを出して僕に渡してくれた。細長いグラスも冷やしてあったのを僕の前に置いた。

「じゃあ始めようか。洋子、準備はどうだい」

「待って、まず先に……」

洋子さんは手をざっと洗い、タオルで拭きながら冷蔵庫を開け、青菜、たたきごぼう、イクラをあしらった薄切りの蕪《かぶ》の鉢を次々取り出しては斉木君に渡した。斉木君はそれを一つ一つ見ながら「うまそうだ」「これは何だい」などと声をかけては洋子さんに微笑《ほほえ》みかけた。「ずいぶんめろめろになっている」と僕は妻の耳に囁きかけた。妻はフフンと鼻を鳴らした。

「これでお酒まずどうぞ。ねえ、お鍋をコンロに……」

「よしきた」斉木君は洋子さんから鍋つかみを渡され、滑稽《こっけい》な豚の顔が描いてあるそれを両手にはめて土鍋を持ち上げ、カセットコンロの上に置いた。

「火をつけましょうか」ちょうどカセットコンロのつまみ正面に座っていた妻が声をかけた。

「お願いしまーす」冷蔵庫を開けていた洋子さんは明るく言い、妻は「とりあえず強火かしらね」と言いながらつまみをまわした。洋子さんは、大きな平皿を取り出して、ラップを外し、斉木君に渡した。斉木君はそれを我々に見せた。

「ほら、これがイノシシだ。ロースだよ。一度凍らせといて薄く切るんだ」

「へえ、紅いもんだね」肉は赤とあずき色の中間のような色で、縁に脂が走っていてそれが白い。薄切りになった肉が幾重にも重なり合っていた。

「まあ、きれい」

「奥さんはイノシシは？　初めて？」

「ええ、初めて……」妻は微笑んだ。僕はおやっと思ったが「僕も無論初めてだ」と言った。

斉木君が妻と洋子さん、自分の猪口に冷酒を注ぎ、僕には洋子さんがウーロン茶を注いでくれた。

「じゃあ、久々の再会を祝して……」

「違うだろう、斉木君と洋子さんのご結婚と新居を祝してだ」

「そうかい」斉木君は柄にもなく照れた。洋子さんは僕をじっと見て微笑んだ。下がった眉の尻《しり》に、離れた毛がばらばらと生えている。自分の顔を整えることにあまり興味がないようだった。

「じゃあそういうことでだ、乾杯」

洋子さんは布巾《ふきん》で押さえて土鍋の蓋を取った。甘い味噌の匂いが湯気とともに立ち昇った。大根やニンジンが煮込まれているのが見えた。洋子さんは大きな菜箸《さいばし》を持って肉片を一枚ずつ持ち上げ、薄い茶色の汁に入れた。我々は洋子さんが作った冷たい野菜料理を食べながら酒を飲み（僕はお茶だったが）、二人のなれそめや斉木君と僕の学生時代の話などをした。

「肉ももうよさそうですよ」洋子さんの声で我々は箸を伸ばした。火が入ったシシ肉は、脂の層がちりちりと縮み、煮えばなに入れたまだ硬いセリやネギと食べると大変おいしかった。妻は汁を一口飲んで「ずいぶん甘いんですね」と言い、洋子さんは「野生のイノシシは脂が甘いみたいです」と言った。妻は僕に目交ぜをして薄く笑った。僕は「調味が、絶妙ですな」と洋子さんに言った。実際、味は、かなり甘さが勝ってはいたものの悪くなかった。

満腹になり、皿にはたくさんの肉が残っていたが僕は箸を置いた。妻はまだせっせと食べていて、洋子さんはせっせと肉を鍋に入れていた。斉木君は漬物をつまみながら冷酒を飲んでいる。

「そういえば、いたちはどうなったね」

「いたちか」斉木君は、飲んでいた酒が急に煮えたぎったような顔をした。「出るよ、無論出る。そうだね、先週二匹獲ったね。獲ったと言ったって、別に狙《ねら》っているわけでもないんだが……」

「最近は、餌《えさ》がなくても罠にかかりますよ」洋子さんは菜箸を操って鍋の中の肉片がくっつかないようにかき混ぜながら言った。

「餌がなくてもですか……何が嬉しくてじゃあ罠にかかるんでしょう」

「匂いじゃないかね。年頃の異性の匂いがくっついているのかもしれない。罠にいたちがかかっているとひどく臭いよ。いたち同士ならそれが魅惑的なんだろう」

妻がついっと顔を上げた。「イノシシには臭みなんて全然ないんですのね」

「ええそうですね。今じゃあ、スーパーの豚肉の方が鼻につくくらいなんです」

妻の頰はうっすら赤くなっている。ほんの少しと言ったはずの洋子さんもすいすいと杯を干している。斉木君は二人の女性の杯が空くとすかさず注ぐ。三人だけが同じ熱を帯びて一緒に酔い始めているようで、僕は少し寂しい気がした。シシ肉で体が温まるのは本当のようで、僕も少し顔がほてっている。これで飲んでいたら一層だろう。

「じゃあいたちごっこは終わっていないのかい」

「一年や二年で終わったらいたちごっことは言えないよ。隣の家の人によると、前の持ち主の時は数年でいつの間にかおさまったということだから、それを気長に待つさ」洋子さんの前だからか、僕の妻に気がねしたのか、隣のばばあとは言わなかった。妻は箸を伸ばして肉を取り、汁が染《し》みたきのこも鉢に取った。取れた口紅の代わりにイノシシの脂が光っている。洋子さんは鼻の頭を真っ赤にして鍋をかきまわしている。土鍋の縁に灰色と茶色が混ざったあくがこびりつき、片方の菜箸にはエノキダケがぐるぐると巻きついていた。

　妻がチンと音を立てて鉢に箸を置いた。猪口に残っていた酒を飲み干し「ああ、たくさんよばれた」とうめくように言った。「とってもおいしかった。洋子さんお料理がお上手で斉木さんお幸せね」微笑まれて斉木君は酔った顔をさらに赤くし、何か言いかけてやめた。

「私とてもこんな風にイノシシを料理なんてできないわ。甘みは、みりんとお砂糖？」

「ええ。水と半々に日本酒を煮たてて、そこにみりんとお砂糖……かつおを入れるとうるさくなるから水に昆布を入れておくんです。最後に麦のお味噌」

「教わっても、シシ鍋なんて私作る機会がないわ」妻はすっかり赤くなった頬をぱんぱんと叩《たた》いて、僕のグラスを取ってウーロン茶を一口飲んだ。そして、「私、昔、実家にいたちが出たことがあるんです」と言った。斉木君が「ヘッ」と言った。僕もぽかんとした。洋子さんは立ち上がって妻の前に新しいグラスを置いてウーロン茶を注いだ。

「いたち、ですって？」

「ええ。グラスありがとう。火は、消しますね」妻はバラ色に爪《つめ》を塗った指でカセットコンロのつまみを捻《ひね》った。

「いつのことですか」斉木君は自分と洋子さんの猪口に酒を注いだ。洋子さんは菜箸を鍋に投げ出すように置き、ぺたんと椅子に座って、頬杖《ほおづえ》をついて妻を見た。すっかり酔っているように見えた。ついさっきまでかいがいしく鍋をかきまわしていたのに、今は目がとろんと赤らんでいる。

「私が子供の頃ですから、もう三十年は昔。大昔ですわね。実家に、こちらと同じように、屋根裏に、いたちの一家が住みついたんです」妻はごくごくとウーロン茶を飲んだ。「夜になるとどしんばたんと、まるで喧嘩《けんか》でもしているようにうるさいんです。最初はネズミかなと思っていたんですが、ちょうど床の間の上あたりに……天井から壁に、染みができて、掛けてあった軸が汚れたんです。それがもう臭くって。それから私、痒くなってしまって。これはネズミじゃない、いたちだろうと」

「うちと全く同じだね、ねえ洋子」「本当」洋子さんは頬杖をついたまま呟くように言い、ちゅっと酒を啜った。人ごとながらもうお酒はよした方がいいと思ったが、斉木君は、僕の妻をらんらんと光る目で見ていて気づかない。「で、奥さん、どうしました」

「ええ」妻はにっこり笑った。「私は小さかったので見ていただけですけど、父と祖父とが、屋根裏に上がって、罠をしかけたんです」

「ねえ、うちと一緒だねえ。それで」

「しばらくすると、大人のいたちが一匹罠にかかったんです」妻は指で、目の前の鉢に残っていた塩漬けの蕪をつまんで口に入れた。上に載っていたイクラが一粒零《こぼ》れて卓に落ちた。「祖母は、よかった、大人の、いいのがかかったと言いました。

見ると、いたちって割にかわいい顔をしているんです、耳が小さくて、鼻がぺしゃんとしていて、そして全体が金色のふさふさした毛におおわれていて……手足がちょこんとして、それが、狭い檻《おり》の中をにゅるり、にゅるりと動いているんです。私には、大人のいたちには見えませんでした。あんまりかわいくて。……そしたら私の方を、黒いビーズ玉みたいな目でじっと見るんです。にゅるり、にゅるりと動きながら目だけでじっと」

「同じだ、同じだねえ」斉木君まで酒に弱くなったかのようだ。洋子さんは今や半目になっている。ねむそうだ。まだ熱い鍋からもうもうと湯気が出ている。僕はそっと立ち上がって窓を細く開けた。澄んだ冷たい空気が一筋入ってきた。鼻を近づけても嗅《か》げなかった白梅の香りがした。妻の声は何だか変に高い。

「私は、できれば逃がしてやってほしい、なんなら飼いたいと思ったんです。でもそんなこと言えなかったし、現に体中が痒くってやりきれませんでした。じいっと見られている間にも、いたちは臭かったですし。両親に、どうするのか聞いたら、溺死《できし》させるから今からどこか遊びに行ってしまえと言われました。前の川に流すのだと母は言いました。可哀《かわい》そうでしたが、いたちは、川に流されたくらいじゃ死にそれはそうもない気もしました。するする泳いで、逃げてしまうような。だったらそれでいいと思いました。私は家にいると答えました」

斉木君はしきりにうなずいている。僕は義父母の顔を思い浮かべた。溺死。どちらもおおよそ虫一匹殺さないような柔和な顔をしているのだが。もう三十年前、そうなると、彼らは今の僕らよりも若い。

「そうしている間に、祖父母が、大きなゴミバケツを持ってやってきました。本当に大きな、当時の私くらいだったらすっぽり入ってしまいそうなものです。明るい水色をしていました。それを、祖父母が重そうに、二人でそろそろ運んで来るんです。父が、どうするのだと聞きました。祖父母がそのバケツを地面に置くと、ちゃぷんと水音がしました。見ると、半分ほど水が入っているのです。祖父はついと向こうに行きました。祖母が私の方を見て、遊びに行きなさいと言いました。私はやはり、家にいると言いました。祖母は、そんならまあいいけど、と言いながら祖父を追って去りました。しばらくすると二人は、それぞれ普通のバケツに水を入れて運んで来ました。その水を大きなバケツに注ぎます。両親は黙って突っ立っていました。母が父に何か言いました。父は首を捻りました。何度かバケツを持って往復し、容器がいっぱいになりました」妻はウーロン茶を飲んだ。「その間、いたちはずっと、にゅるりにゅるりと動いていました」

斉木君はぽかんとしている。洋子さんはすっかり目を閉じていたが、急にぱちりと開けて立ち上がり、僕がさいぜん開けた窓をぴしゃっと閉めた。そしてまた座ると頰杖をついて目を閉じた。

「祖父がいたちの檻を持ち上げました。いつ漏らしたのか、檻の底から臭いいたちのおしっこがたらたら地面に垂れました。祖父はその檻を大きなバケツに沈めました。どういう浮力の働きか、金属製の檻がふわっと浮き上がり、祖父はそれを手で押さえるようにして沈めていきました。その時、急に物凄《ものすご》い音がしたんです」

「音？」誰かが呟いた。妻は僕をちらっと見て、視線を戻した。妻は土鍋を見つめながら話をしているようだった。斉木君は依然、口を開けて妻を見ている。

「ひーっというような、ぴーっというような、きいいっというような、高くて通る音です。聞いたことがない、今になっても、あれ以来、一度も聞いたことがないような音でした。それはいたちが叫んだんです」檻は途中から、浮力を失ったようにすっと沈んでいった。いたちの顔が、ぽちゃっといって水没した。最後に見たいたちの顔は、口を開けていて目を閉じていた。沈んだ檻からひどくあぶくが立ち昇って、それが鎮《しず》まるまで、その音は聞こえていた。「今でも耳に残っています。見ると母は泣いていました。祖父母は両手を合わせて、なんまいだ、と唱えていました。父は仁王立ちになっていて、両肩だけががっくりと下がっていました。音とあぶくが消えてから、父が、祖父母に、どうして庭先でこんなことをする、と食ってかかりました」斉木君が急にはっと顔色を戻し、手を伸ばして僕のわきにあったウーロン茶のペットボトルを取ろうとしたので僕は渡した。斉木君は中腰のまま立ち上がってグラスを二つ取り、注いで自分と洋子さんの前に置いた。そして一口飲んだ。妻は土鍋を見つめている。量産品で、薄茶色の地に、白い釉薬《ゆうやく》で雑な白梅が描いてあるぼってりした土鍋だ。

「すると祖母が、今のは母いたちだ、と言いました。うちの屋根裏に住んでいたのは家族だったんだと。その母いたちで、今の断末魔は、父いたちや子供いたちに向けて、この家は危ない、ここにいると、水に沈められて死ぬよ、近づいちゃいけない、さようなら、と叫んで知らせていたのだ、と言いました。だから、うちの庭で、こうやって殺さなくてはいけなかったのだ、でも、だから、もうほかのいたちはこの家には来ない、と祖母は言うんです。家族だけじゃない、親戚《しんせき》いたちや近所いたちも今のを聞いた、この家は危険だ。だからもう来ない、大丈夫だ、と。母いたちでよかった、子供いたちじゃ助けて助けてと泣くばかりでしょうがない。父いたちは怒って檻を噛んで暴れて沈める前にぐったりしてしまう。母いたちが一番いいのだと。そしてまた、両手を合わせてなんまいだ、と続けました。それから本当にいたちは出なくなりましたよ」

「最後に残ったいたちの死骸《しがい》はどうしたんでしょう」洋子さんが、頬杖をついて目を閉じたまま言った。「さあ」妻は首を傾《かし》げ、しばらく考えてから「それこそ川に流したんじゃないかしら」と言った。そして黙った。三人の酔っ払いと僕との間に沈黙が広がった。斉木君は眉間《みけん》に皺《しわ》を寄せて下を見ていた。洋子さんはふいと頬杖を外して妻を見た。さっきまでもうもうと湯気を上げていた土鍋には、縁から白い脂のような膜が張り始めていた。

遅かった普通の桜がようやく満開になった頃、妻の携帯電話が鳴った。妻は「あら洋子さんから」と言いながらすぐ出た。

「ええ。こないだは本当に。ええ、おいしかったわ。まあ。うふふ。ね。まあ本当？　気に入ってもらえてよかった」

いつの間に二人は敬語を使わず話すようになっていたのだろう。

「いいえ。そう。取り寄せはしてないのよね。ええ、また買って行くわ。うふふふ。え、そうなの？　いいえ全然そんな」

手土産の菓子のことらしい会話がしばらくあってから、「いつでも、こちらにも来てね。お宅と違って狭いけれど。ご主人によろしく」と言って切った。

「お菓子のお礼かい」

「ええ。それと、いたち、もう出ないそうよ」

僕は妻の顔を見た。妻は微笑んでいた。僕の携帯電話が震え、斉木君の番号が表示されていた。僕はいまだに精液検査の結果を知らない。あれ以来妻は子供のことを口にしない。

ゆきの宿

洋子《ようこ》さんが子を産んだ。初産《ういざん》が早産になり、あわただしい出産の後赤ん坊はしばらく入院を要した。妻は分娩《ぶんべん》のその時、産院にいた。予定日がまだずっと先のつもりだった洋子さんと会っていたら、急に洋子さんがそうなったのだった。妻が運転し、信号で止まる度に、洋子さんの手を握ったり耳に言葉を囁《ささや》いたりしながら産院へ連れて行った。

斉木君はその日不在であった。仕事で遠方へ行っていたらしい。本来の予定日より大分早く、余裕を持って予定を立て、出産には立ち会うつもりでいたのだから気の毒だった。聞けば携帯電話の電波も届かぬようなところにいて、宿も決めずに出ていたため連絡がつかず、結局斉木君が泡を食って戻ったのは赤ん坊が生まれた翌々日だった。妻は斉木君と連絡がつかぬ間、そして洋子さんの母親がやってくるまでの間、ずっと病院で付き添いをしていた。妻は洋子さんのために職場を数日休んだ。「いいのよ、みんな産休や育休をぽかぽか取るんですもの、このくらい休んだって大したことないわ」妻はいきいきとして、山形県から洋子さんのお母さんがやって来て、もう付き添いはいらぬということになるとむしろ寂しそうに見えた。しかし妻も、そして一度見舞いに行った僕も、まだ赤ん坊の姿はきちんと見ていないのだった。すりガラスの向こうで彼女はずっと保育器に入っていた。

洋子さんが退院してからしばらく経《た》ち、我々はようやっと赤ん坊の顔を見に行った。昼過ぎに着いて夕方までに戻る予定で車に乗り、山を登っている途中に雪がちらつき始めた。二月の末で、この冬最後の雪だろうと思われた。

斉木君の家に着いて車を降りると、既に辺りにはうっすらと雪が積もり始めていた。タイヤの跡が白い地面に残った。斉木君は家から飛び出してきた。

「さっきから携帯に電話をしていたんだが、出ないから」

「運転していたので気づかなかった。無事着いたよ」

「いや、引き返したらどうかと思ったんだ。雪だから」

雪の粒は大きく、花びらのようだった。それでも静かな降りだった。わざわざここまで運転して来たのを、引き返さねばならないほどとは思えなかった。

「すぐやむだろう。おや、庭木が増えたね」

「赤ちゃんは、今？」

妻が尋ねると、斉木君は困ったような笑顔で「今寝たとこなんです」と答えた。

「ついさっきまで泣いていたんですが」

「まあ家に入れてくれよ。寒いから」「フウン」

家の中は暖かかった。断熱材を敷き窓を二重にしたというダイニングルームの空気は、汗ばむようなストーブの熱と、それでも入りこむ冷気とが混じり合って揺らいでいた。ストーブの上には大きな薬缶《やかん》が湯気を出していた。赤ん坊は隣の、畳敷きの薄暗い部屋で寝ていたのでちらと覗《のぞ》いただけだった。洋子さんは妻を見て微笑《ほほえ》んだ。

「来てくれてありがとう。寝たの、つい今しがた……、ごめんなさいね。多分当分、寝ているわ」

妻は囁き声で歓声を上げ、両腕で自分の肩を包むような仕草をしながら言った。

「寝てるところを見るのも初めてよ。ずっと助産師さんに隠されてたんですもの。かわいい」

僕にはさっき見たそれが赤ん坊の顔なのかどうかもわからなかった。斉木君は椅《い》子《す》に腰かけると、渋い顔で外を見た。また一段と太っていた。

「いやしかし、こっちに越してきて、こんな雪は初めてだな。去年は暖冬だったから……どのくらい積もるかしらん」

「本当に」洋子さんも心配そうにうなずいた。むしろ不安そうにしているのは向こうの夫婦だった。我々は平気な気分だった。

「帰るまでにはやむだろう。一時的なものだよ」

「どうだかな」斉木君は巨大なマグカップを持ち上げ、啜《すす》りながら首を捻《ひね》った。ストーブの上の薬缶にはなみなみと熱湯が入っている重量が感じられた。我々には普通の湯呑《ゆのみ》が出された。中国風の童子がマリに乗っかっている絵が描いてある小振りなものだった。ほうじ茶のようだった。

「仕事の方はどうだい」

「まあまあだが、アカンボができたと思えば張り合いが違うさ」

妻が真顔で「斉木さん、すっかりお父さんの顔になって」と言った。

「顔だけじゃない、体型まですっかりいいおやじじゃあないか」僕が言い添えると、
洋子さんは笑い、妻は肩をすくめた。

妻は椅子に座って談笑している間もずっと、出産祝いの入った大きな紙袋を抱えていた。早く渡せばいいのにと思っていると、斉木君が鋭い声を出した。

「吹雪《ふぶ》いてきたぜ。こりゃ積もるよ。すぐ帰った方が……しまったな」

「エッ」

僕が驚いて外を見ると、さっきまで真《ま》っ直《す》ぐに降りていた雪は風に乗って斜めに窓を打ち始めていた。しかしそれでも大した勢いではない。

「大げさだなあ。これは吹雪のうちに入らんよ。天気予報だって全然……」

「いや、雪を見ろよ、少し粒が小さくなっただろ。こういうのは積もる雪だよ、北国の雪みたいだ」

「別に、泊っていっていただいたって、いいじゃない。明日には晴れるでしょう」

洋子さんの申し出に、我々夫婦は大げさなと顔を見合わせた。

しかし、果たして我々は帰れなくなった。外は吹雪き続け、その勢いは増し、向こうの山はかすんで見えなくなった。テレビをつけても、平地では晴れているようで何の情報もなかった。局地的な、この辺りの山だけの吹雪のようだった。隣の部屋のベビーベッドで寝ている赤ん坊を気づかって、気候を案ずる会話も小声で行われた。眺めるともなく眺めていると、ベビーベッドの周囲にはおむつだのおもちゃだの、ふわふわした布地だのがたくさん用意されていた。

「いろいろなものがあるね。全部赤ちゃんのかい」

「近所の人がみんな持ってくるんだ、お古を。十年や二十年前の年代物もザラだよ。てんでに持ってくるから、趣味も何もあったもんじゃない。あと何カ月も使わないようなものも毎日毎日誰っかしらが……しまっとく場所もないからこんな風に放りだしてあるんだ」

窓の外が白く見えた。赤ん坊はよく眠っていた。洋子さんは嬉《うれ》しそうに妻に言った。

「体重も毎日少しずつだけど増えるようになって……体重計を買ったのよ。新生児用で、一グラム単位で量れるの」

「母乳は？」

「ええ、出はいいのよ、ここのところずっと。助産師さんが褒めてくれたの。珍しいくらいだって。もう粉ミルクなしでいいって」

洋子さんは少し頰の辺りがふっくらして見え、入院中のげっそりと痩《や》せた感じも大分治っていた。しかし目の下には隈《くま》ができていた。チェックのシャツの上に、前開きのカーディガンを着ていた。洋子さんのお母さんはやっと先週山形に帰ったらしい。

「お義母《かあ》さんに、部屋中消毒されたよ。お陰で清潔、安心だ」

「散らかっていますけどね」洋子さんが付け加えると、思い出したように妻が、膝《ひざ》に抱いていた紙袋を洋子さんに差し出した。

「ああ、そうそう、散らかるようなもの増やしたりして、申し訳ないんだけれど」

「えっ？」

「お祝いっていうほどじゃないけど、プレゼント」

「まあ」中には舶来の木製おもちゃと子供服が入っている。その銘柄について二人は楽しげに話し始めた。いつの間にこんなに親しくなったのだろう。最早《もはや》僕と斉木君よりもよほど仲がよさそうなのだった。僕はほうじ茶を飲んだ。色が薄いのに舌の奥で渋みが広がった。

風はやまず、雪はさらに激しくなった。斉木君はついと立ち上がって電話をかけた。

「斉木ですけど。ああ、大丈夫ですか？　急なことでね。ええ、何かあったら言ってください。ああ、あの車は、友人のです。気の毒に今日遊びに来ていて、ええ。どうでしょうね、帰れんでしょうか」

「誰にかけたんだい」

「お隣さんさ。お婆《ばあ》さんの一人暮らしだもんで心配じゃないか。しかし、こちとらここに何十年住んでいると思うか、おたくに心配される筋合いはないぞうと言われたね」

「威勢がいいなあ」

「ああ。あれで御歳《おんとし》八十二だ」斉木君は少し気の毒そうな顔をした。「しかし、太鼓判を押されたよ。お前、今日は、どうやっても帰れんだろうということだぜ」

六

お隣さんの予言通り、吹雪がやんで普通の降りになった頃にはすっかり暗くなっており、道には十数センチの雪が積もっていた。暗い、ろくに街灯もない半山道を、帰る気にはならなかったが妻は帰りたがった。

「だって、急にで、赤ちゃんがいるのに……悪いわ。どこかに民宿とか、ないんでしょうか」頰が青ざめている。

「いいんですよ、いいの」洋子さんが強い口調で言った。「民宿なんて、そんな。泊っていって。ちょっと、夜泣いてうるさいかもしれないけど……一番離れたところで寝ていただいて……」

「そうだね、ちょっと片づけてこようか」斉木君はよっこらしょと立ち上がり、ゆるゆるとしたズボンの中で尻《しり》を泳がせながら去っていった。

「でも」妻が言いかけるのと同時に、遠くから弱いサイレンのような音が聞こえた。洋子さんがぱっと立ち上がってベビーベッドのところに行った。洋子さんの靴下のかかとが薄く透けたようにすれているのに気づいて、僕はなんだか申し訳ないような気がした。ベビーベッドは白で、それも新品ではなかった。遠いサイレンと思ったのは隣室の、赤ん坊の泣き声だったらしい。洋子さんは赤ん坊を抱き上げ、「ちょっとごめんなさいね」と言ってふすまを閉めた。

「何にせよ、こりゃ悪いなあ」僕が頭を掻《か》くと、妻は「山の天気を甘く見たわね」と言った。その声の低さにドキリとし、僕はそれまで妻が随分高い声で話していたことに気づいた。妻は湯呑の茶を飲み干した。眉間《みけん》に皺《しわ》が寄り、目元の化粧が下まぶたににじんで黒く汚れていた。「洋子さん、おっぱいかしら」低い声のままで妻が呟《つぶや》いた。

窓の外はもう真っ暗だった。真っ暗な中に白い雪が、窓にぱたぱた当たるのが怖かった。吹雪こそやんだが、雪はまだ降り続けていたし風も少しはあるらしい。ふすまの向こうのサイレンのような音がやみ、洋子さんが何か言っている小さな声が聞こえてきた。

「しかし、元気そうでよかったね、母子ともに……」

「小さいわ」

「エ？」

妻は眉間の皺を深くした。「体重は増えてるって言ったけど随分……小さいと思うわ。家にいて大丈夫なのかしら。母乳だけでいいのかしら。本当かしら」

僕はシシ鍋《なべ》をご馳走《ちそう》になった時を思い出した。あの時洋子さんは随分酒を飲んでいた。しかし、生まれ月を考えると、あの時既に赤ん坊がお腹《なか》にいた可能性があった。まだ気づいていなかったのだろうが、早産でと聞いた時僕はそのことをちらりと思った。いたちは本当にあれ以来一度も出ていないそうだった。「ばい菌がいるだろうから、いたちのことが片づいて良かったよ、赤ちゃんが出てくる前に。君のおかげだろう」

「ええ……」妻は外を見た。唇が白く乾いていた。「いたちは冬眠でもしないのかしらね」

「知らないのかい」

「ええ、ちゃんと見たのは一度きりだもの」

暗い窓の外を何か鮮やかな緑色のものが横切った。ぎょっとしているとすぐに玄関の引き戸が開く音がして、「斉木さあん」という声がした。ふすまの向こうで洋子さんと赤ん坊が身じろぎした気配があった。僕が出ようかと腰を浮かすと、斉木君の大声で「わあ、どうしました」と聞こえた。どたどたという足音もした。「雪まみれじゃないですかあ」相手は、隣家のお婆さんであるらしかった。斉木君はしきりと礼を言っている。洋子さんがふすまを細く開けて顔を出した。赤ん坊の頭が少し見えた。毛がまだあまりない、赤い皮膚だった。しばらくしてまた玄関の開け閉めの音がして、今度は窓の外を、緑のお婆さんと赤いダウンジャケットを着た斉木君とが横切った。洋子さんはふすまを閉めた。

「今おっぱいあげてたわ」

「え、そうかい」

「私には見えた……」妻は立ち上がってストーブの上の薬缶を持ち、それを自分の湯呑に注いだ。湯気で顔が隠れた。「白湯《さゆ》かい」「ええ」妻は口をすぼめてその盛大な湯気を吹いた。ピイピイと風が鳴った。「おっぱいあげてたわ」

「ただいま」玄関から斉木君の声がした。「おおい、おおい」

洋子さんが返事をしないので僕が玄関に出た。真っ赤なフードや肩に雪がくっついていて、それをしきりに払っていた。玄関の靴箱の上に、大きなタッパーが載せてあった。

「おたくの車はもうユキダルマになっていたぜ」

「君もユキダルマになりかかってるじゃないか」

「俺の奥さんはどうしたかしらん」

「ふすまを閉めてしまったよ」

「おっぱいかな、オムツかな」

会話が聞こえたのか洋子さんが出てきた。赤ん坊を抱えていた。「お隣……？」

「ああ、お稲荷《いなり》さんをくれたぜ」

「まあ」赤ん坊は目を閉じて母親に包まれている。閉じているのだが眼球が見えた。半透明の膜で覆《おお》われるように瞬《まばた》きする、蛙《かえる》の目玉のようだった。洋子さんの肌は桜色の薄い布地を被《かぶ》せたようにぼやけて見えた。胸元は閉じられていたが、ボタンの位置がずれ、たわんだシャツの奥から肌が見えた。斉木君は濡《ぬ》れそぼった頭を振った。

「お宅の分もと思って多めに作ったんだけど、雪だから持って行くのをよそうかと思っていたら、お客さんが来ていると聞いたからこれはサシアゲなくちゃと思ったんだそうだ」

斉木君は濡れたダウンを脱いで戸口の上に引っかけた。

「お婆さんのお手製かい」

「安心したまえ。お隣さんは料理上手だよ」

斉木君はもうお隣さんをばばあとは言わないようだった。洋子さんが片手に赤ん坊を抱えたまま一度引っこみ、タオルを持ってきて斉木君に渡した。斉木君は受け取って頭をごしごしこすってから、僕にタッパーをくれた。温かくて重たかった。両手で持って動かすと、内側に茶色い汁がびっしりついていたのが一筋になって流れ、底にたまった。洋子さんが体を揺するようにして赤ん坊を抱え直した。

「私のお稲荷さんは食べるとお乳がよく出ると言っていたぜ」

「まあ」

「ところで洋子、オイルヒーターは納戸《なんど》だったろうか」

「オイルヒーター？」

二人が頭を寄せて話を始めたので僕はダイニングに戻った。妻が一人、背筋を伸ばして湯呑を吹いていた。

「ほら、お稲荷さんだって」僕がタッパーを机の上に置くと「お乳がよく出るんですって？」と言って笑った。「私もあやからなくちゃ」

「聞こえていたかい」

「向こうからこっちへ風が吹くのよ。それにしたってここは暑いわね」妻はセーターの袖《そで》をまくりあげた。剝《む》き出しになった腕の肌に、血管が青黒く走っていた。腕時計が見慣れぬ細いものになっている。貝殼張りの文字盤がぬめぬめと光っていた。

赤ん坊を抱いた洋子さんがベビーベッドの和室に戻り、我々夫婦もそこに招き入れられた。手製らしい、木片を組み合わせて磨きあげた引き車が転がっているのに気づかず僕はけつまずいた。引っ張り用の紐《ひも》は、色とりどりの毛糸を編んで作ってあった。我々はベビーベッドの脇《わき》に座りこんだ。妻は楽しそうに洋子さんに「赤ちゃん、抱かせてもらってもいいかしら」と尋ねた。洋子さんも嬉しそうに「もちろん」と差し出した。洋子さんのシャツのボタンがかけ違えられたままだったが妻は注意しなかった。

「どうぞ」洋子さんから両手で赤ん坊を受け取り、妻は「ゆきこちゃん」と呟いた。

「字は、雪やこんこの、ゆき?」

洋子さんは不思議そうな顔をした。僕も不思議に思った。先日それは知らされていたからだ。

「いいえ、幸いの子で、ゆきこよ」

「幸子ちゃん。いい名前ね。本当にかわいい」

「もし今日みたいな日に生まれていたら、雪やこんこの雪子にしたかもしれないわね」

赤ん坊はまぶたをぴくりぴくりと動かしながら妻に抱かれていた。妻は抱いた赤ん坊に向かって唇を突き出すようにして、声を出さずに何か語りかけていた。いつの間に塗り直したのか唇が新しい色になっていた。

「洋子さんに似てるわね」

「似ているでしょう」

洋子さんは赤ん坊が寝ていたベビーベッドの上を手のひらでならしながら言った。

「私もなんだか、私にばかり似ているような気がするの、日に日に」

「斉木君は、育児は手伝うんですか」

「ええ」洋子さんはうなずいた。「基本的に、一日家にいる仕事でしょう。私はどうしても……授乳だとか、体力を奪われているでしょう。つい昼間、倒れるように寝ちゃったり、夜中眠れなくなったり、リズムがおかしいんだけれど、あっちは変に健康的になっちゃって。朝から夕方までは、おっぱい以外は全部してくれるくらいですよ。夜こそ起きないけれど」

「ヘエ、それじゃオムツも？」僕は若い頃、姉の子供の相手をしたり子守唄《こもりうた》を歌ったりしてやったことが何度もあるが、さすがにオムツ替えは辟易《へきえき》したのだった。いくら身内とはいえ、人の子の股《また》を拭《ふ》きあげたりするのには抵抗がある。

「ええおむつも。まだ母乳で、臭くないからかもしれないけれど……何でもしてくれますよ」

「意外ですねえ」僕はうなった。とても、僕の知る斉木君は、育児を進んでしそうには思えない。子供が好きでもなかったはずだ。「変わるもんなんですねえ」

「男の人って、そうなのかもしれませんね、女性は、誰の赤ん坊でも見ればかわいいと思うけれど、男の人は……自分のだから初めてかわいいんじゃないかしら、あら、失礼だったかしら」洋子さんは僕を見てちょっと口を押さえた。僕は「いやいや」と答えた。

「ただどうにもね、我々男は身にしみないというか、そういうところがあるみたいですね、どうしてもね、他人事じゃあないけれど」

ちらりと妻を見たが妻は赤ん坊を見ていた。何も聞こえていないようだった。まだ唇を動かし続けている。ゆきこちゃん、ゆきんこゆきこちゃん。部屋の隅に畳んだ布団《ふとん》が置いてある。洋子さんは夜ここで寝るのだろう。

「でも僕は子供が好きですよ。姉のところの赤ん坊なんて、僕は二十歳やそこらでしたが、進んで遊んでやっていたし」

「じゃあ抱かせていただいたら」妻が急に高い声を出し、腕の中の赤ん坊をこちらに向けた。「いいかしら？　洋子さん」

「ええもちろん」

「いいのかい、もう堪能《たんのう》したかい」

「堪能ね」妻は赤ん坊に振動を与えないようにという配慮か、口元を変な恰好《かっこう》に開けかけたまま、体を苦心して捻って僕に渡してくれた。ちゃんと重かった。想像より、見た目よりずっと重かった。赤ん坊は、嗅《か》ぎ慣れぬものでも鼻先に突きつけられたかのように急に顔を歪《ゆが》め、目を開こうとした。僕は笑顔を作って腕の力を抜いた。赤ん坊の脚が突っ張ったようになり僕の腕を蹴《け》った。「首をもっと」洋子さんがそっと手を伸ばして僕の腕に触れ、形を修正してくれた。

「かわいいですねえ」

赤ん坊は、気を許したものかどうしようかというような顔つきで、開きかけた目をこちらに向けた。ノブドウのような色の黒目が見えた。

「もう目は見えますか」

洋子さんは首を傾けた。

「見えてることは見えてるんでしょうけど、まだどこかぼんやりとでしょう」

「大体三カ月くらいからちゃんと見え出すのよ。だから見えてないことはないんだわ」

妻の方が断言した。僕は赤ん坊の顔をシゲシゲと見た。こんなに小さいのに、鼻の穴を二つ並べて、眉毛《まゆげ》もほんの少し生えかかっている、何もかもが既に揃《そろ》っている。そして誰にもこんな時があったのだ。

「やあ、どうだい、我が娘は」斉木君がタオルを首から下げて部屋に入ってきた。忍び足だった。

「美人じゃないか」

「そうだろう。洋子に似ているので一安心だ」

斉木君は赤ん坊の頬をつついた。赤ん坊は少し顔を動かした。

「やあこちらを見た」斉木君のそんな声を僕は初めて聞いた。「寒かないかい、ねえ、起きたのかい」赤ん坊はそれに反応して首を動かしたり頬をぴくぴくさせたりした。手も動かそうとしていた。抱く僕の腕が邪魔なようだったので、僕は斉木君に赤ん坊を渡そうとした。斉木君は簡単に受け取った。気づけば僕の体は強張《こわば》り、ひじや手のひらが汗ばんでいた。

「そら、パパのところに来たね」

「パパだって！」僕は噴き出した。斉木君は澄ました顔で「お父ちゃんじゃあ、言いにくいだろう。ちゃんと喋《しゃべ》り出すまでは、俺だってパパさ」「パパだって！」僕は笑いが止まらず「うるさいわよ」と妻にたしなめられ、一人ダイニングへ戻った。斉木君が小声で洋子さんに何かを言い、洋子さんは何度かうなずいた。妻は、斉木君の腕の中の赤ん坊にしきりと唇を動かしてみせていた。僕は湯呑に白湯を注いで、飲んだ。湯呑からは白い湯気が、乱れながら立ち昇った。ダイニングテーブルに座って見下ろすと、三人と赤ん坊は、変わった聖家族像のように見えた。洋子さんがふうんと溜息《ためいき》をついて、シャツのボタンを留めなおした。

　夕食は七時過ぎからで、斉木君は僕と妻にビールと酒を勧めてくれたが断った。斉木君も飲まなかった。また眠り始めた赤ん坊はベビーベッドに戻されていた。「立派なお稲荷さん」妻は声を上げた。タッパーから皿に移すと、一つ一つがげんこつほどもあることがわかった。汁けを含んだ油揚げが、こんもりと丸く盛りあがり、甘い匂《にお》いをさせている。洋子さんは味噌汁《みそしる》を作り、漬物も出してくれた。「このお漬物もお隣さんから」青菜と薄茶色くしなびた大根で、大根はたくあんとは違うようだった。青菜は瑞々《みずみず》しかった。重たいお稲荷さんを箸《はし》でめいめいの皿に取り分け、一嚙《ひとか》みすると、揚げがきしんで破れたあとで歯がぐしゃりという感触に覆われた。舌にザラザラしたものが広がり、唾液《だえき》に混じって喉《のど》の方に流れこんでむせそうになった。中身が酢飯ではない。吐き出すわけにもいかずもう一度嚙んだ。米ではないものの、食べたことのあるものではあった。何かぽそぽそとしたもので、ネギとニンジンが細がけにして混ぜこんであるのが舌先と歯でわかった。味は甘酸《あまず》っぱかった。ようようのこと飲みこんで、「お米じゃないんだね」と斉木君を見た。斉木君は頰張ったままでうなずいた。そして「おからだね」と言った。

「そうだおからだ」僕はやっと五分の一くらい減ったに過ぎない巨大なお稲荷さんを見下ろした。妻は微笑んでもぐもぐと口を動かし、飲みこんでから「お寿司《すし》のお米と同じ味つけなのね」と言った。

「アズマって言うのよ、こういうの」洋子さんは平気な顔をしてぱくついていた。「酢じめのお魚なんかに、味つけしたおからを抱かせて作るの、アズマズシって言うんですって。お隣さんに教えてもらったの。それの、お稲荷さんね」

「大豆だらけだね」斉木君もうまそうに頬張った。醤油《しょうゆ》と砂糖の味が強く、そこに薄く酢が馴染《なじ》んでいた。ネギとニンジンはほとんど生のようだった。

「だから、お乳に良いとおっしゃったのね、大豆だから……」妻も二口目からは大きく食べた。「おいしい」

「炭水化物がないわね、お米を炊《た》きましょうか、冷凍ご飯もあるけれど……」

「お腹に溜まるわ、これで十分ごちそうだわ」僕は、口に合わないのでぜひご飯を欲しいと思ったのだが言い出せなかった。別に卯《う》の花《はな》は嫌いではないしお稲荷さんは好物だ。ただ、酢飯だと思っていたらおからで、しかもそれが偽《にせ》酢飯のごとく甘酸っぱく調味してあるとなると変に気持ちが悪かった。僕は味噌汁を啜った。麩《ふ》と青ネギが入っていた。半ばインスタントのような味がしたがそれでもましだった。僕はようよう一つ平らげて、あとは漬物を食べた。どちらも酸味があって、これはおいしかった。妻は三つもお稲荷さんを食べた。斉木君も洋子さんも食べた。

「おいしかったわ。お隣さんに作り方を伺って帰ろうかしら」

「私、今度聞いておくわ」

「珍しいものをよばれただろう。鄙《ひな》の味だ」斉木君は楊枝《ようじ》を使った。僕も一本もらってネギをせせった。妻はお茶のお代わりをもらった。赤ん坊はもうすっかり熟睡しているようだった。

妻はお茶を飲み終わるとベビーベッドの脇に貼《は》りついた。また口を動かしながら赤ん坊を見ていた。洋子さんは食器を洗った。斉木君が僕に言った。

「布団をもう、敷いてしまったよ。少し狭いが……。荷物を置いてきたらどうだい」

斉木君が用意してくれた部屋のドアを開けると、ワッと白い光が目に入った。蛍光灯の光の下、四角い水槽がスチール棚に並んでいた。

「昔好きだった熱帯魚飼育をさ、再開してみたんだ」と斉木君は少し恥ずかしそうに呟いた。

水槽の数は五つほどだったが、大して広くない、六畳かそこらの部屋にそれだけの水槽があるとかなりの威圧感だった。

「最初は水槽一つだけと思ったが、一匹二匹とね……せっかく部屋も余っていることだし」

同じ大きさの水槽の中、一つだけ大きさの違う横長の水槽があった。中に入っているのは銀色で細長い「おい、こりゃアロワナかい」斉木君はうなずいた。形はまぎれもなくアロワナだったが、僕が知っているアロワナよりもかなり小さくスンナリして見えた。体長はせいぜい二十センチかそこらだろう。「アロワナにしちゃ、小さいね」

「まだ子供だよ。若者というべきかな」

「そうかい。なんだかドキリとした。妙に存在感があるね。店で買ったのかい」

「そりゃそうさ、もちろん……。成長に従って、徐々に水槽を大きくして育てるんだ。うまく育てば二メートル近い水槽がいるんだ」

他の水槽にもむろんのこと水と魚が入っていた。斉木君は渋好みらしかった。赤や青のものはおらず、ナマズかドジョウのような魚が水槽の底でじっとしていたり、真っ黒い小魚が群れていたりした。アロワナが一番派手だったが、あまり動きもせず、目を丸く見開いて静かにヒレを動かしていた。

「洋子さんは文句を言わないのかい、お金だってかかるだろう」

「ウム、むしろ興味深そうにしているよ。妊娠中に、わざわざこの部屋で昼寝をしていたこともあるし……。それにほら、子供に生き物を見せてやるのも悪くないだろう」

「あと三、四年は、幸子ちゃんには何がなにやらわからないだろう」

「わかるさ。今だって、このアロワナを見せるとちょっと驚いた風な顔をするぜ」

「まだ目もちゃんと見えないのにか」

「わかるさ。見えてるさ。見たいものはちゃんと見えるようにできているのだ」

水槽が置かれているのは壁の、ドアの正面の一面だけで、手前には二組の布団がくっついて敷かれていた。布団と枕《まくら》の位置を見ると、我々は水槽群を頭にして眠るらしかった。こぽこぽという泡の音がした。

「このアロワナは元気なのかい。冬だからか、ちょっと動きが鈍いね。子供らしくもない……」

「こんなもんさ。元気だよ。たまに蛙の生き餌《え》をやるんだが、その時の食いぶりといったらないよ。アロワナはね、野生では、水面から跳び上がって昆虫なんかを捕食するんだ。成魚だったら一メートルでも跳ぶんだよ。だから水槽の蓋《ふた》を閉めておかないと、跳び出すこともあるくらいだ」

「跳び出したことがあるのかい」

「ないよ。あったら死んでるさ」

僕は一番に風呂《ふろ》を借りた。洋子さんは僕に寝巻まで用意してくれた。風呂から出ると急に眠くなってしまった。

「お疲れになったんでしょう」洋子さんは気づかい、ちゃんちゃんこのような上着も出してくれた。清潔だが古い綿の匂いがした。久方ぶりに感じる猛烈な眠気だった。

「こりゃどうにもならないや。眠くってたまらないや。お先に失礼させてもらうよ」

妻は僕の方に頓着《とんじゃく》せず、熱心に赤ん坊を見ていた。僕の次に風呂に入った妻も洋子さんの服を借りていた。黒い丸首の部屋着で、家でそんなものを着ない妻はしきりと照れていた。はしゃいでいるようにも見えた。泊るのが悪いと言って青ざめていたのにと思うと少しおかしかった。女性は、人の家に泊って夜をよばれたりすることが男よりも嬉しいのかもしれなかった。

「とにかく僕は寝るよ、おやすみ」

布団に入ると、枕もとの、水槽の水音が変に眠気を誘った。窓の雪鳴りはやんでいた。夢の中で、何度かサイレンを聞き、妻が赤ん坊の名前を呼びながら乳房を含ませているのを見た。僕はそれを遠くで見ているのだった。ゆきこちゃん、ゆきんこゆきこちゃん。

空腹で目が覚めた。昨夜はまともに物を食べていないのだ。おからのお稲荷さんを一つ。いくら巨大でも足りなかったのだろう。胃が痛んだ。そっと起き上がると部屋はぼうっと明るかった。既に朝らしかった。魚は皆眠っているように見えた。目覚め切らない目で眺めていると、一匹、ナマズそっくりの小さな魚が水槽の底でポコリと横転した。薄い赤の混じった水草がなびいた。水槽の表面に顔を近づけると温かかった。モーターのような、何かの機械が動いている音がした。魚はゆらゆらと揺れた。水草も揺れていた。部屋の中は空気が静止していた。僕ははっとした。妻がいなかった。

隣の布団は、斉木君が敷いてくれた時のまま、きれいに掛け布団が半分に折り畳まれた状態だった。枕の表面も平らだった。僕はカーテンを少しめくった。外は真っ暗だった。まだ夜なのだ。とすればこの明るさはなんだろう。急に寒くなった。わずかな何か単に、白いレースのカーテンが光って見えただけかもしれなかった。わずかな何かの光が、水槽の水に反射して増幅したのかもしれなかった。僕は布団に戻った。布団には自分の体温が残っていて、それに肩まで包まれると体が広がって安心した。まだ夜ならば、きっとそんなに時間が経ってはおらず、妻は洋子さん達と話しこんででもいるのだろう。時刻を確認するのは億劫《おっくう》だった。もう一度寝ようと目を閉じると、パチャリという音がした。そして体がドンと重たくなった。僕は目を開け体を起こそうとした。動かなかった。目も開かなかった。全身が何かに押さえられているかのように重く、その中で腹の上がとりわけ重く痛んだ。そして冷たかった。水気が腹の上の布団に染《し》み、ちゃんちゃんこに染み、寝巻を通して腹を冷やした。

歯がガチガチと鳴った。胸や顔や腿《もも》が濡れた。腹の上の重たいものが、動いて水をはね散らかしているようだった。振動と重みで体全体がねじれるように痛かった。そのものは何か細長く、そして瞬間的な動き方をするのだった。勃然《ぼつぜん》と気づいた。アロワナだ。アロワナが水槽を跳び出して僕の上に載ったのだ。どうして蓋が開いたものだろう。さっき見たよりも随分大きい感じがする。この重さはどうだ。僕は目を開けようと苦心した。開かなかった。腹の上のアロワナはしきりに体を動かした。アロワナも苦しいのだろう。アロワナが死んだら、斉木君は悲しむだろう。僕の体の上で死なれるのはごめんだ。僕はせめて声を出そうとした。舌も動かなかった。アロワナの鋭い尾がしなやかにうねって僕の腹を打った。閉じたきり開かない目の奥で、銀色のうろこが剝《は》がれ落ちるような光が散った。遠くで声が聞こえた。サイレン、泣き声、そして念仏のような小さな語り声。その途端体が軽くなり、僕は目を開けた。体を起こした。アロワナはいなかった。布団は乾いていた。銀色の魚は、頭の上の水槽の中で、じっと動かず目だけ見開いていた。うろこが光った。隣には妻が寝ていた。閉じた瞼《まぶた》の下側がぷっくり膨れて影になっていた。妻の寝顔を見たのはもう一年かそれ以上ぶりだった。小さな魚が、起き上がった僕の方にわっと群がった。カーテンの外から、薄白い朝の光が漏れていた。

僕は上着を着て外に出た。まだ明けきらないものの、昨晩の吹雪が嘘《うそ》のように空は穏やかだった。すぐに斉木君も出てきた。僕は片手を上げた。

「起こしてしまったかい」

「いや、もう起きて一仕事したところだ。やたらに早く目が覚める。もう老人になったのかと思うよ。それでアカンボがいるんだからなあ」

斉木君は幸福そうに伸びをした。陽が当たり始めているところの雪はきらきらと透明に輝き、影の中にある雪は薄黒い中で凍りついているように見える。斉木君は息をほうと吐いた。その息さえ朝日に当たるとちかちかと光った。僕の車は雪を被ってぬいぐるみのようになっていた。試みにボンネットに手を載せると、手首を越えてすっぽり雪に埋まった。温かいような気がし、すぐにじんと痛んだ。僕は手を引っこ抜いた。もしかしたら今日も帰れないのではないかと思った。

「手が真っ赤じゃないか」斉木君は車の上の雪を掻き取って玉にし、一つ僕に投げた。僕はそれを避け、同じように投げ返した。斉木君の肩に当たった。斉木君は雪の粉を手で払いながら「魚はうるさくなかったかい」と聞いた。「人によってはポンプの音が耳について眠れないと言うんだ」

「それは平気だったが……」僕はアロワナの夢のことを話した。「金縛りなんて、初めてだよ。アロワナが僕を押さえつけたんだ」

斉木君はひいひいと笑った。「そうか、水槽から跳び出すなんて言ったのが悪かったかな。アロワナの呪《のろ》いだね」

「そんな恐ろしい部屋によく寝かせたな」

「だって、蓋はきちんと閉まっているもの」

「確かかい」

「確かだよ。それにそんなに体が硬いわけがないじゃないか。痛いとしたら魚の方だよ。馬鹿《ばか》だなあ」

僕もおかしくなって笑った。

「でもまあ、熱帯魚というのはやはり面白いもんだね。僕も何か飼おうかな」

「よせよせ。お前じゃうまくいかないよ」斉木君は急に苦い顔をして歩いた。

「どうして」

「インテリアのようだが、やっぱり生き物だからな」

斉木君は黒いゴム長をはいていて、雪の上にその足跡が残った。僕はスニーカーのまま ついて行った。向こうの山に陽が当たって輝き、その輝きが霧のように流れていった。刻一刻と周囲の明るさが増している。斉木君はまたうんと伸びをした。ダウンコートがひきつれるように彼の動きに合わせて歪んだ。真っ赤なダウンが朝日に照らされて変にすがすがしかった。素朴だった。そして鮮やかだった。

「派手な上着だね」

「ここいらじゃ保護色を着ていると、イノシシと間違えて撃たれるかもわからんからな」

斉木君はふんと力をこめて一つ雪玉を投げた。かなり遠くまで飛び、そして丸いまま落ちた。雪に雪が落ちて埋まる、小さな音がした。僕は両手に雪を集めてそこに顔を埋めた。斉木君が何か言った。「なんだって」僕は顔を上げて聞き返した。鼻がひりひりした。

「奥さんは昨晩、なんだか泣いていたようだぜ」

「なんだって。どうして」妻は上機嫌だったではないかと思った。

「さあ。洋子と話していたから……俺は隣の部屋にいて、なんだかそんなような声を聞いただけだよ」斉木君は両手を腰に当てて左右に捻った。僕は手の中の雪の塊を見下ろした。そしてそれを下に落とした。スニーカーの上に、ごつごつした変な形の雪が乗っかった。僕は両足を動かしてそれを払った。

「妻は、最近仕事が忙しいんだ。それは知っているよ。大変なんだ。毎日すごく遅くまで残業でさ……」

「ふーん」斉木君は僕を見た。「まあ俺は倫理的な人間でもないし、口は挟まないけれど、少し心配になったもんでね。奥さんが、元気なら、いいんだ。なんだか気の道のようなことだろう」

「なんだいそれは」

「俺は知らんよ」斉木君は両足を高く上げながら、雪の上をどすどすと進み、細い木を揺さぶった。雪にまぎれて、真っ黒い蛾《が》か蝶《ちょう》のようなものが一匹、ひらりと落ちて途中で舞い上がった。翅《はね》の縁がぎざぎざになっていた。何かに噛みつかれたように見えた。

我々は庭を何度も回っていた。歩く前にも既に自分たちの足跡があった。振り返ってもあった。雪を何度も踏むうちにぬかるんで黒くなり始めた。土の色が混じると雪は急に汚く見えた。僕は両手を擦《こす》り合わせた。肌がきしんだ。手のひらの皮膚に細かいササクレが生じているらしかった。いつ裂けたのか唇から血の味がした。

「気持ちがいいね」

斉木君が大きな声を出したので僕ははっとした。斉木君は庭木に載った雪を振り仰ぎながら「君らは迷惑したろうが、しかし……年に一度くらいはこうやって雪まみれになるのもいいもんだ」と言った。どこかでどさりと音がした。カアカアという鳴き声もした。高い、ピリリリリというような音がした。急に山や木がうるさくなった。斉木君の家の中はしんとしている。斉木君は自分のゴム長の足跡の上にぴったり自分の足を重ねようと試みていた。それに飽きると、植えこみや丸めてあったホースの上や、適当なところの雪をどんどんはき散らかすようにして落として回った。むきになって僕も同じようにした。灰茶色になっていじけたような枝葉が露《あら》わになった。白い土が汚れていった。スニーカーの靴底から冷たい水気が染みこみ始めた。僕がもう家に入ろうと言おうと思っていると、隣の家から、お婆さんが出てきて大声でおはようございまあすと叫んだ。斉木君も叫び返して両手を振った。僕はお辞儀をした。とても小さなお婆さんだった。斉木君はまたどすどすと雪の上を渡ってお婆さんの方へ行った。僕もついて行った。

「昨日は、ありがとうございました。おいしかったです。また洋子に作り方を教えてやってください」

「イイエネエ、あんなもの、田舎料理でね。お魚も何もなかったから、アブラアゲ……」お婆さんはにこにこ笑い、そして僕を指さして「お気の毒でしたねえ、車！」と言った。僕は頭を掻いてみせた。お婆さんはきっぱりと言った。

「今日はもう降りませんから大丈夫ですよ。帰ることができますよ。お昼過ぎにはとけますよ」

「わかりますか」

「わかりますよ」そしてお婆さんは僕に一歩近づき、声をひそめて「あの、一緒だった、女の人は、奥さんですか」と言った。僕はうなずいた。お婆さんは変な目つきをして「お腹に赤ちゃんがいるんでしょう」と言った。僕が目を丸くして見返すと、お婆さんはニタニタ笑い「気をつけてあげなさいよ。まだ始まったばかりでしょう」始まったばかり？　斉木君はいつの間にか少し離れたところに立っていて、手に雪を取って何かしていた。お婆さんは僕を見上げながら続けた。

「冷やすのは一番駄目よ。洋子ちゃんに腹巻き借りてお帰んなさい。私が編んだげたのを持っているからね」お婆さんは僕の手首の辺りをその染みだらけの手で摑《つか》んだ。とても短くて細い指が感知された。温かかった。僕は咄嗟《とっさ》に振りほどこうとしたが、その柔らかな皮膚は僕の手首の骨をがっきと摑み離さなかった。そしてお婆さんは囁《ささや》いた。「……赤ちゃん、夫婦二人で頑張って育ててくださいよ。生まれたら私にも見せにきてね。子供はね、もう、みんなの宝だから……カワイイカワイイ、ユキコチャンみたいに」

僕が絶句していると、お婆さんは「そいじゃあ」と言って家の中に入った。

斉木君は片手に載るほどの雪だるまを持ち、「そら、できたよ」と言って僕に見せた。斉木君の頰や指は、昨日抱いた赤ん坊のように赤々と膨れていた。雪だるまの目鼻は指でへっこませて作ってあった。「かわいいだろう」僕はうなずいたが、何にうなずいたのか自分でもよくわからなかった。「幸子に見せてやらなくちゃ。冷凍庫に入れるんだ」完全に夜が明け、朝日は白い太陽となって雪を本式にとかし始めた。体中が冷え切っていた。家の前の道路には既にタイヤの跡と誰かの足跡があった。山に登る方向だった。かすかにサイレンの音が聞こえた。

解説　読んでくれてありがとう／書いてくれてありがとう

笙野頼子

　滅多に出ぬ葬儀でその場所から、「生命」が萌《も》え出るのを見る、事がある。晴天のその日出会う新緑や遠い海が、痛みながら輝く。読経の声や袈裟《けさ》の動きの繰り返しさえ、重く悲しい。なぜかふっと、生きている実感が立ち上がるのだ。また夜の灯の下で、時に襖《ふすま》の影の言い争いなどが、煩《わずら》わしさの中に薔薇《ばら》の新芽のように、生命を放つ。悲しくても争っても世界は生きていて、それはかけがえがない。とても困難なフレームに押し込められていても。

　いきなり自己語り？　ではなくってつまり、これはさっきまで読んでいた「穴」についての、「解説」なのである。最後の葬儀の場の、「いっぽんばな」争いまで来たところで、なぜ著者が私にこの文を求めたのかを理解した、つもりになった。

　２０１０年新潮新人賞受賞作の「工場」で世に出た作者に、私は、マジ注目した。すると、好きな雑誌のインタビューで「二百回忌」という拙作を好きだと彼女は、言ってくれていた。それは二百年に一度死者の蘇《よみがえ》ってくる法事を描いたものなのだが、1994年、大昔の作。主人公はいわゆるひとつの東京遊民で、独り者の猫飼い、賃貸住まいである。しかもただ郷里でカーニバル空間を体験して帰ってくるお話。故《ゆえ》に構成は単純、進行も、三日で八十枚。が、今日《こんにち》、……。

この、不況格差閉塞《へいそく》、震災後社会である。中に主人公は地方在住の賃労働既婚女性。なんという重圧。さて、なのに……。

この作品、生き物も時間も、声までも触れてくる。暗く影を落とす時代において、或《ある》いは今も変わらぬ女性の困難の中で、けしてめでたくはない、だけどすべてが見渡せる混在的時間を、仕止めてきている。貴重な本物の絵を、自然の怖さ時間の豊かさをも込めて描く。それが、表題作。――賃労働のネオリベ時間からふと「自由」になった時、フレームが消えるとき、残酷にも煩雑《はんざつ》にも生活の「本質」があらわれる。その時に複雑で厳しい世間から逃げず「あった事」を見て……結局主人公は、また賃労働に捕獲されて行く。

多くの人は切り替わりを待ちわびるけれど、それはふいに来てそのまま時間刑に。理不尽や不可解が実は環境である事、死者が、というより今まで見えなかった人や物が見える日が来る事、また、どんなにきつくてもその中で生命が尊い正体をあらわす事。

……冒頭部、会話が段取り良い。コーン、コーン、と何処《どこ》かで良い音が鳴っている。切り替えの具合よさに読者は喜ぶだろう。しかし内容はシビア。目を洗われる。「人生で一回は正社員になりたかったなあ」、「(略)社畜だ、社畜。非正規なのに」。(専業主婦とは)「夢みたい」。六千円のネイルは、尊厳というべきか?

さて、家事だけしていても仕事だけしていても責められる21世紀日本女性の松浦あさひは、とある日その一方から「解放」される?運命になった。と言ったって「夫の転勤」で義父母義祖父の隣に移るのである。デモソレデ仕事ヤメル? つまり、親の家作なので家賃を稼がなくともよくなるのだ。だけどこの設定、身の上相談なら時に「離婚すべきか問題」である。義父母、義祖父、無家賃、それはいつか長期介護と引き換えにされる遊軍ライフかも。

その上たとえ住まい一つでも、呼び名一つでも変わってしまうと、……ああ怖い、フィクションが来てしまう。ただ、本作はけして狂騒的ではない。切実な力をこめて時代に寄って、必然でモードを切り換えて高技術に、おそらくは確信犯で(違う?)「プロット」を進行する。で?

引っ越し、となっても快い段取りとスピードはしばらく続き、というよりもピークに達し、折角助っ人に来てくれた仕事持ちのお姑《しゅうとめ》様をも絶妙に踊らせる。そう、姑だって働かずにはいられない21世紀。とっても張り切って面倒まで見に来てくれたの、でもその結果お嫁さんを凹《へこ》ませてるという「至れり尽くせり」。作者はまた引きも突っ込みもせずスピードで撮っていく。見とれる？　書き方優しいしね。で、その後？景色も空気もまるで海外に来た人が見るように見渡す一場となる。無力感と引換えの？素晴らしい自然？その的確な配置。——２ＤＫの狭さを買うために働いていたのかと、主人公は感じる。無料でこの広い家に住める今それは虚《むな》しい？　でもね、自分の家賃でツクった場所に夫を住まわせてやるという対抗力、それを買うため、だったのでは？

冒頭で、カレーが続くことにさえ日本の働く女性は気を使っている。そこから味《み》噌汁《そしる》とおかずを作る家事めんどくせいいいいい労働に突入する。え？　だって、専業主婦のお菓子作りは？　ネットサーフィンは？　金かかるからしない？「働いてないから」？？？　エアコン付けない？？？　おいおい人間はいつか死ぬよ？　なのにあかかってくるだけで料金が掛かる（らしい）携帯まで鳴り、姑の振込をさせられる世界。さあ万札トラブル、そして無家賃者の尊厳は何処《いずこ》？　健康食品に七万四千円使う姑、義祖父の毎日大量に撒《ま》く水？　気兼ねで昼寝しか出来ない自分？　何もさせてくれない資本主義から追われ、この草原のように取り留めない遊軍ワールドを彷徨《さまよ》うあさひ、しかしここらあたりから配置が緩んで、描写が遊ぶ。これを楽しむ読者がいるに決まってる。昆虫もぬちぬちと独自の生命力を放ちそして……。

さて、そろそろ、ほら、ホラー？　フィクション、襲来！　それは謎《なぞ》の黒動物、不思議を呼ぶ存在。名前はまだないからアナホリィヌ？とか（勝手に）？　私には虐待された老犬に思えてならない。が、その動きが案外にはやく、これが素の生命の時間ってことか。その、掘った巣穴に落ちて引き上げられた時、フィクション？ていうか？リアルフィクションていうか？アナホリィヌの祟《たた》りか？

穴から出てきたとき、さあ大変！　彼女は「お嫁さん」になっていたのだった。遊軍ライフからお嫁ワールド、〇〇ちゃんのお母さん、という呼びかけが辛《つら》いという御意見は、二十年も前からよく耳にした。しかし一旦どこの家と判るともう〇〇さんの、という所属さえはぶく、村社会の「公用」奴隷《どれい》呼びかよ「お嫁さん」は？　そして、家事労働が労働に入れて貰《もら》えず自然に吸収されてしまうという、陰険「豊穣《ほうじょう》」ワールドがこのお嫁人間に、消された人やいない子供を見せてくださる。虫の音、昏の色。そしてコンビニにさり気ない仕様変更がヒロインを襲いまくる。最初かいた「先生」は義兄となり、語っていなけりゃ消えるんかよ？　語りまくる。

ら「ぼくら邪魔なん？」と言っていた子供はここで石を積む（賽《さい》の河原？）。とはいえその一方時代の変容や経済状況はずっと保たれていて、作品もその縛りに耐えているらしく、結果？やがて新しいひとつの死により、現実世界は固まり幽冥《ゆうめい》は分かたれる。そうしてコンビニで働きはじめる彼女は、自然にお嫁キャラを継承していたし時給ニッポンの兼業嫁として転生するのだった。ねえ神様、売らなかった時間は、どこに行くの？　このようにして「穴」は、21世紀にもまだ「穴だらけじゃ！　穴だらけじゃ！」わはははは、快作じゃよ！　わはははは。

（他の短編は地の文にも会話にもたたみかける魅力があり小説を望む人は絶賛するだろう。「いたちなく」実はいたちが座敷に上がってくる環境で昔下宿していた事があるので、作者がここまで配慮して書いていても、私は、なんつか辛い）。

（平成二十八年六月、小説家）

この作品は平成二十六年一月新潮社より刊行された。

穴《あな》

新潮文庫　お－95－1

平成二十八年八月一日発行

著者　小《お》山《やま》田《だ》浩《ひろ》子《こ》

発行者　佐藤隆信

発行所　株式会社新潮社

郵便番号　一六二―八七一一
東京都新宿区矢来町七一
電話　編集部(〇三)三二六六―五四四〇
　　　読者係(〇三)三二六六―五一一一
http://www.shinchosha.co.jp

価格はカバーに表示してあります。

乱丁・落丁本は、ご面倒ですが小社読者係宛ご送付ください。送料小社負担にてお取替えいたします。

印刷・大日本印刷株式会社　製本・株式会社植木製本所

ISBN978-4-10-120541-0 C0193